A família

Sara Mesa

A família

TRADUÇÃO
Silvia Massimini Felix

autêntica contemporânea

Copyright © 2020 Sara Mesa
c/o Indent Literary Agency (www.indentagency.com)
Originalmente publicado em espanhol pela Editorial Anagrama S.A.

Copyright desta edição © 2024 Autêntica Contemporânea

Título original: *La familia*

Todos os direitos reservados pela Autêntica Editora Ltda.
Nenhuma parte desta publicação poderá ser reproduzida,
seja por meios mecânicos, eletrônicos, seja via cópia
xerográfica, sem a autorização prévia da Editora.

EDITORAS RESPONSÁVEIS
Ana Elisa Ribeiro
Rafaela Lamas

ASSISTENTE EDITORIAL
Marina Guedes

PREPARAÇÃO
Sonia Junqueira

REVISÃO
Marina Guedes

CAPA
Diogo Droschi

ILUSTRAÇÃO DE CAPA
Shutterstock/Iryna Kuznetsova

DIAGRAMAÇÃO
Waldênia Alvarenga

Dados Internacionais de Catalogação na Publicação (CIP)
(Câmara Brasileira do Livro, SP, Brasil)

Mesa, Sara
 A família / Sara Mesa ; tradução Silvia Massimini Felix. -- 1. ed. -- Belo Horizonte, MG : Autêntica Contemporânea, 2024.

 Título original: La familia

 ISBN 978-65-5928-407-8

 1. Ficção espanhola I. Título.

24-200103   CDD-863

Índices para catálogo sistemático:
1. Ficção : Literatura espanhola 863

Cibele Maria Dias - Bibliotecária - CRB-8/9427

A **AUTÊNTICA CONTEMPORÂNEA** É UMA EDITORA DO **GRUPO AUTÊNTICA**

Belo Horizonte
Rua Carlos Turner, 420
Silveira . 31140-520
Belo Horizonte . MG
Tel.: (55 31) 3465 4500

São Paulo
Av. Paulista, 2.073 . Conjunto Nacional
Horsa I . Sala 309 . Bela Vista
01311-940 . São Paulo . SP
Tel.: (55 11) 3034 4468

www.grupoautentica.com.br
SAC: atendimentoleitor@grupoautentica.com.br

A casa

Olhe para ela com olhos de sonho. O corredor como centro geográfico e fronteira. Quartos dos dois lados. Percorra-o sem ser vista, de uma ponta a outra. Ou passe de um aposento para o da frente com um salto determinado. Arrisque-se a entrar. Talvez já tenha alguém lá dentro, você não sabe. Se sim, não diga nada e volte atrás. Caso contrário, não passe o trinco. Não há trinco.

Dê uma boa olhada nela, antes de despertar. Os pontos cegos e os esconderijos. Palavras que significam exatamente o contrário do que aparentam, ardilosas. O pente que traça a risca ordenada no meio da cabeça e o amontoado de pelos embaixo do colchão. A porta do armário que não fecha completamente. A fresta que fica aberta. Os olhos que espiam.

Não deixe de olhar, agora que ela está à sua frente, ardendo atrás das pálpebras. Calcule quantos passos há entre um canto e seu oposto. Faça-o com precisão, é importante. Capte as diferenças entre o clique da maçaneta ao fechar e o clique ao abrir. Identifique o ronronar do telefone pouco antes do primeiro toque. Ajuste o volume de sua voz na resposta, module com cuidado o fingimento.

Olhe como a luz entra pelo vidro e destaca a madeira de pinho dos móveis. Veja como ela repica e se lança em direção à parede de acabamento rugoso, lampeja no espelho do santuário matrimonial, fragmenta-se e volta a escapar pela varanda, veloz e ousada. Veja-a se derramando sobre os gerânios, úmida e fresca, em direção à rua proibida, às calçadas enlameadas, aos vira-latas e à cerveja gelada que deve ser bebida do lado de fora, nunca dentro.

Olhe com atenção, mas não diga nada.

Só olhe e aprenda.

Nesta família não há segredos!

– Nesta família não há segredos! – disse Pai.

Agitava nas mãos o caderno de Martina, um exemplar com cadeado que ela havia comprado às escondidas dias antes, de capa cor-de-rosa e uma estampa de pássaros com as asas abertas ou fechadas, de acordo com seu lugar na composição.

Martina escondeu a chave do cadeado. Nem sob tortura eu dou a ele, pensou.

– Até onde eu sei, ninguém te proibiu de escrever um diário, nem você nem seus irmãos – disse Pai. – Além disso, achamos muito bom que você se expresse livremente, é um exercício pessoal valioso. Então, não entendo. De onde vem essa desconfiança? Você realmente acha, Martina, que sua mãe ou eu vamos ler seu diário sem permissão?

Martina primeiro negou com a cabeça e depois, com uma impressionante falta de sincronia, falou.

– Não.

– Então por que tanto mistério? Um diário secreto! Até a própria ideia do cadeado é ofensiva! – Ele enfatizou o gesto para demonstrar sua dor.

– Mas, papai, o caderno veio com o cadeado, não fui eu que coloquei. Eu gostei mesmo foi do desenho dos pássaros. É por isso que comprei, não por causa da fechadura.

– Por causa do desenho?

– Pelos... Bom, são pombos, não são? Pombos coloridos. Andorinhas?

Pai sorriu. Um sorriso tênue e introspectivo, que marcava uma mudança. Martina adivinhou o que aconteceria a seguir. Ele começaria a andar de um lado para o outro, suavizaria o tom de suas palavras – a raiva dando lugar ao impulso de compreensão, conciliação etc. – e acabaria se aproximando dela, até mesmo lhe dando um carinhoso tapinha na cabeça, como de fato ele fez.

Você está se contradizendo, disse. Ela mesma estava se contradizendo ao dar tão pouca importância ao cadeado e, ainda assim, usá-lo. Porque devia ser incômodo abrir e fechar o diário, toda vez que fosse escrever, com aquela chave minúscula... Levou o caderno aos olhos, franziu as sobrancelhas. Que buraquinho, disse, como se estivesse falando sozinho. Sem contar, é claro, que ela guardava o diário embaixo do colchão. Como podia justificar isso?

– Martina, Martina, quando você vai aprender a confiar em nós? Um dia você vai ter que aceitar que uma nova fase da sua vida começou. Uma fase melhor, sem escuridão, sem medo.

Graças às vantagens dessa nova vida, à qual dedicou tão belas palavras, Pai se esqueceu de pedir a chave. Mas pediu que ela não a usasse mais. Por favor. Da próxima vez que escrevesse no diário, disse, podia deixá-lo destrancado onde quisesse – por exemplo, na mesa da sala de jantar ou no balcão da cozinha, ao alcance de qualquer pessoa.

– Te garanto que ninguém vai ler.

Ele fez uma pausa, acariciou reflexivamente o queixo.

– Embora você deva se lembrar de algo. Uma coisa é o desejo de manter a salvo a intimidade, o que é muito compreensível, e outra é termos segredos. Os segredos nunca são bons. Pelo contrário, são nocivos, são usados para encobrir assuntos feios. Por que mais eles seriam secretos? É melhor não ter nada a esconder, andar de cabeça erguida e não se esconder.

– Mas eu não me escondo...

– Fico feliz, porque, sendo honesto, adoraria ler o que você escreve. – Levantou a palma da mão, fez uma pausa. – Se você quiser, hein?, sem pressão. O que você quiser me mostrar. Seja o que for, não vou te julgar. Sei que você vem de um lugar difícil, mas esse passado ficou para trás. As coisas mudaram, Martinita, vamos ver quando você vai entender isso.

Martinita. Ninguém nunca a chamava assim, a não ser Pai, em situações como essa, e às vezes o pequeno Aquilino, mas todo irônico, só para deixá-la irritada.

Na cama de baixo do beliche, Martina abriu, talvez pela última vez com a chave, seu caderno de pássaros. Rosa, na de cima, lia um livro que Pai lhe recomendara. Sempre seguia os conselhos de Pai com uma obstinação forçada, quase raivosa. O livro não era de ficção – era difícil pensar que Pai considerasse uma ficção útil –, mas um manual de astronomia escrito para sua idade, dez anos. Rosa virava as páginas com rapidez, como se a leitura fosse apaixonante.

– Você está só olhando os desenhos – disse Martina. – Reconheça que está ficando entediada.

– Não.

– Você não fica entediada ou não reconhece?

– Nem uma coisa nem outra.

Rosa pôs a cabeça no vão do beliche.

– Acredite ou não, eu amo astronomia. Sei muitas coisas sobre a Lua, o Sol e os planetas. Percebo que você não sabe por que nossa galáxia tem forma de espiral. E a Via Láctea? Por que se chama assim? Você sabe? Não, né?

Sem responder, Martina arrancava as páginas de seu caderno. Rasgava-as em quatro, em oito pedaços, que ia deixando ao lado da cama, formando um montinho com muito cuidado.

– Por que você está fazendo isso? – perguntou Rosa.

Martina respondeu falseando a voz.

– Pirqui ni quiri qui lian, pir qui siria?

Rosa voltou ao seu lugar; deitada de costas, bufou. Estava frio, mas ainda não tinham permissão para acender o aquecedor. Pai tinha dito que antes das oito a eletricidade era muito mais cara e que podiam passar muito bem com blusas de lã e camisetas térmicas. Não é que lhes faltasse dinheiro – um dia antes, durante a refeição, Pai disse que tinha conseguido dois novos clientes para a firma, duas aquisições, segundo ele, muito valiosas; era apenas, como ambas bem sabiam, uma questão de austeridade e até elegância: nada como o endurecimento do corpo para fortalecer a alma.

Apesar disso, ficava-se confortável na cama, naquele momento em que começava a escurecer, mas ainda não era necessário acender a luz. A penumbra dava ao quarto a aparência de caverna, uma qualidade íntima e secreta, muito ao gosto das meninas. Rosa fechou o livro e perguntou a Martina se ela estava doente.

– Se eu estou doente? De onde você tirou isso?

– Você está com febre ou algo assim?

– Não tenho nada.

– Sua cabeça não está doendo? Ou a barriga? Nem mesmo uma cosquinha?

– Não tenho nada de nada, sua chata! Por que você está me perguntando?

Rosa lhe contou que tinha ouvido algo muito estranho atrás da porta. Eles, seus pais, disseram que Martina estava infectada por algum vírus e por isto a adotaram, para curá-la. Rosa se perguntava, em primeiro lugar, se o vírus era contagioso e, em segundo, se era herdado dentro da família, porque, afinal, elas eram primas. Seus pais haviam lhe dito para chamá-la de irmã, não prima, assim como Martina tinha de chamá-los de mamãe e papai, mas Rosa ainda lutava contra essa ideia. Martina estava lá havia quatro meses. Não se constrói uma irmã em apenas quatro meses.

– Eu não tenho nenhum vírus – protestou Martina.

– Como você pode saber? Os vírus são invisíveis, muitas vezes nem os doentes sabem que têm. Eles ficam escondidos, te comendo por dentro, e, quando você descobre, já não tem mais pulmões, fígados ou coração.

– *Fígados*, no plural? Qual é, a gente só tem *um* fígado! Além disso, os vírus não comem nada.

Muito ofendida, Rosa contou que a amiga de uma amiga conhecia uma menina que tinha um vírus e ninguém sabia. Um belo dia a menina morreu, de repente, e quando foram enterrá-la viram que ela pesava quase nada porque o bicho a comera inteira por dentro. Restava-lhe apenas a pele, toda dura, como uma casca esticada sobre os ossos.

– Como uma casca! – repetiu, enfiando a cabeça no vão entre os beliches de novo, os cachos caindo sobre o rosto, os olhos mergulhados na sombra. Parecia uma gárgula.

Martina, que tinha aprendido dias atrás o que era uma gárgula, ficou um pouco assustada. Rosa podia estar exagerando, mas e se fosse verdade que tinha um vírus lá dentro?

Uma mão apareceu pela porta e acendeu o interruptor, interrompendo a conversa. A voz de Pai, cavernosa, lenta, anunciou:

– A partir de hoje, vamos passar a tarde juntos na sala. Pelo menos duas horas todas as tardes, das seis às oito, o que vocês acham? As camas são para dormir, digo eu, não para vocês duas ficarem aí enfiadas no escuro, cochichando.

Martina se virou sobre o colchão para ocultar com o corpo as páginas do diário que tinha rasgado. Pode ser que Pai – ou aquele homem que agora era seu pai – tivesse notado a manobra, então ela pensou que mais tarde, quando estivesse sozinha, talvez tivesse de comer os pedaços, para sua segurança.

Um dos motivos, segundo Pai, era economizar energia elétrica, não havia necessidade de ter vergonha de dizer isso, os recursos são limitados e devem ser usados com parcimônia. No entanto, a principal causa, a mais importante, era compartilhar tempo e espaço. Quase nenhuma família fazia isso hoje em dia, e essa frieza, esse isolamento, estava trazendo consequências muito perigosas para a sociedade.

– Não é possível que cada um vá cuidar das suas coisas, sem convivência ou comunicação. Não se esqueçam de que somos uma família!

A princípio, Damián resmungou um pouco, fingindo preocupação. Com tanta gente por perto não conseguia se concentrar nos estudos, ousou dizer, se fazendo de importante. Mas Mãe prometeu que as meninas ficariam em silêncio e ele não reclamou mais, e até – diria Martina – ficou contente. Quanto a Aquilino, que tinha na época uns oito anos, era bem capaz de ficar desenhando horas e horas sem abrir a boca. Fazia suas operações matemáticas com prodigiosa rapidez, os exercícios de caligrafia de uma só vez e depois desenhava sem parar: carros, plantas de edifícios, maquinário. Era um menino muito estranho; jamais desenhava flores, árvores ou casas de campo com janelas redondas e cachorros na porta, como as outras crianças.

– Silêncio e respeito – disse Mãe. – Uma coisa está relacionada com a outra, e essa é uma boa maneira de demonstrar isso. Podemos estar sentados à mesma mesa, cada um ocupado com suas coisas, e não nos incomodarmos nem um pouco. E podemos até compartilhar o material, já que estamos tão próximos.

Ela repetiu essas ideias várias vezes com distintas palavras. Colaboração, participação, generosidade, calma. Martina se perguntou se, para defender o silêncio, era preciso falar tanto. Quanto ao material, o que ela queria dizer? Damián estudava, Aquilino desenhava, Rosa lia, Martina aprendia a jogar xadrez com um livro, Pai repassava expedientes e Mãe costurava. Que material poderiam compartilhar? A borracha, a tesoura, um alfinete para enfiar discretamente na bunda gorda de Damián, correndo o risco de levar uma bronca monumental?

Martina ainda não entendia algumas questões de sua nova família. Por que os dormitórios tinham se convertido, de um dia para o outro, em lugares proibidos? Era um castigo por algo que ela fizera sem se dar conta? Por causa do caderno e do cadeado? Mas havia mais perguntas. Se Pai era um advogado tão importante, com tanto trabalho quanto dizia ter, como é que ele não ia ao escritório à tarde? Por que não tinham TV, como todo mundo? Por que não podiam sair para brincar na rua com as outras crianças? No dia em que Martina perguntou a Mãe, ela lhe deu um beliscão carinhoso na bochecha e explicou que, se tinham tido quatro filhos, era precisamente para vencer a tentação de procurar distração na rua. Quer coisa melhor que brincar entre irmãos?, disse mais tarde, e Martina a princípio não conseguiu fechar as contas – Damián, Rosa e Aquilino – até entender que o número quatro correspondia a ela.

Enquanto trocava um bispo pela rainha, teve a sensação de que todos estavam fingindo, que ninguém estava fazendo o que realmente queria fazer. Damián odiava estudar, o que mais gostava era de vadiar e deitar na cama para ler quadrinhos – infantis demais para sua idade, segundo Pai. Rosa detestava os manuais de astronomia e botânica como qualquer outra criança; o que de fato a entusiasmava, Martina bem sabia, era jogar futebol como um menino – como um menino furioso. Quanto a Mãe, Martina estava convencida de que ela preferia rezar a costurar, comer a cozinhar – bastava Pai lhe dar as costas para que isso acontecesse. Talvez os únicos que estavam em seu elemento fossem Aquilino e Pai. Pelo menos pareciam satisfeitos, cada um na sua. E ela, Martina, bem, tudo o que queria era o impossível, mesmo que nem soubesse definir esse impossível. Não era, claro, passar as tardes naquela salinha, na sala de jantar, as seis cadeiras desconfortáveis e o sofá estofado com tapetes de crochê, os quadrinhos de ponto de cruz – laranjas e maçãs –, a estante com os tomos da enciclopédia *Salvat* em perfeita ordem – se tirassem uma, tinham de devolvê-la mais tarde ao seu lugar exato –, e ela, Martina, com o tabuleiro de xadrez e o livro aberto aprendendo aberturas e jogadas, roque, xeque-mate, defesa siciliana. Todos ficavam calados e pareciam satisfeitos, e apenas de Martina escapava um suspiro de vez em quando, tão inapropriado quanto um peido.

– Por que você não trouxe seu diário? – perguntou Pai, levantando a vista de seus documentos.

Martina se sobressaltou.

– Não é um diário. É um caderno em que anoto as coisas.

– Boa definição: um diário não é o mesmo que um caderno. É assim que eu gosto, Martina, que você fale corretamente. Pergunto de novo: por que você não trouxe seu caderno?

– Não consigo pensar em nada para escrever.

– Mas antes você pensava em muitas coisas, não é?

Martina coçou a cabeça esperando uma boa resposta que não veio. Em troca, fez a pergunta mais tonta, a mais inconveniente.

– Você quer que eu volte a escrever?

– Eu gostaria muito, sim. Se antes você fazia isso sozinha, acho que pode continuar fazendo agora que estamos juntos. Olhe o Damián. É o que mais estuda sem perder a concentração. Olhe a Rosa, como lê; veja que desenhos impressionantes o Aquilino faz. Se eles podem fazer suas tarefas, você também pode, certo? Não é muito normal você passar a tarde inteira jogando xadrez sozinha.

– Ok.

Martina se levantou e foi buscar seu caderno com o cadeado inútil. Sob o olhar atento dos outros, abriu o estojo, pegou um lápis, começou a apontá-lo com cuidado. Pai a deteve, sorrindo.

– Nunca escreva a lápis. É tão ordinário.

Ele disse isso com tanta gentileza que era impossível perguntar a que tipo de ordinário ele se referia. Na escola, Martina tinha aprendido que *ordinário* podia ser sinônimo de *normal*, mas também havia outros significados, outros piores, aos quais Pai possivelmente aludia. Ordinário como arrotar na mesa, tirar caca do nariz ou coçar o pipi? Deixou o lápis de lado e pegou uma caneta Bic azul.

– Serve esta?

– Deixe eu ver… – Pai pegou o estojo, esvaziou-o na mesa, remexeu. – Esta é melhor.

Era uma caneta hidrográfica preta, de ponta fina.

– Mas essa é para desenho técnico.

– Ah, é mesmo? Quem disse isso? Acho que pode ser para o que você quiser que seja.

Cansada de objeções, Martina não discutiu mais. Pegou a caneta e se preparou para escrever, mas percebeu que, na verdade, não conseguia pensar em nada, nada em absoluto. Olhou ao redor em busca de uma iluminação. As cortinas estavam imóveis. O ar estava imóvel. Não havia um único movimento à sua volta, nem um único som, exceto o dedilhado dos lápis de Aquilino e o barulho dos carros na rua, abafados pelos vidros duplos.

Agora, de tarde, nos reunimos na sala de estar.

— Fantástico – disse Pai. – Essas duas vírgulas do aposto: *de tarde*. Muito bem, Martina. Continue.

Não era fácil seguir, com Pai olhando por cima de seu ombro.

A sala é pequena, mas muito confortável. Todos nós cabemos nela perfeitamente. Basta acender o braseiro para deixar a família aquecida.

— Mmm... Não. Escreva de outro modo.

— O quê?

— A última. A coisa da família *aquecida*.

— Por quê?

— Porque não soa bem. É ordinário.

— Como escrevo, então?

— Martina, Martina, isso cabe a você decidir.

Mas ela já tinha decidido: assim como havia escrito antes. Onde estava o erro? Riscou e tentou de novo. *Com um único braseiro, todos nós nos aquecemos.*

— Muito melhor. Mas cuidado. Agora você escreveu *todos nós* duas vezes, muito perto. *Todos nós cabemos* e *todos nós nos aquecemos*. Corrija.

Perigosamente, aquilo estava se tornando uma aula de redação. Martina ficou petrificada, não sabia como continuar. Era nisto que se convertera agora seu precioso diário, com todas aquelas páginas complicadas, profundas e aventureiras arrancadas, enfiadas no bolso interior da mochila porque não tivera coragem de comê-las: num triste caderno para fazer redações escolares.

– Hoje não estou inspirada. É melhor eu continuar jogando xadrez, pode ser?

– Inspirada, você diz? Não acredito em inspiração. – Tirou os óculos para olhá-la com mais intensidade. – Acredito no trabalho.

Martina sentiu um calor estranho subindo pelo pescoço, ficou sem resposta, tossiu para contrabalançar a mudez. Voltou ao caderno, foi rabiscando frases sem graça com a caneta preta de desenho técnico, banalidades que deviam estar muito corretas, pois Pai não a corrigiu mais e até lhe deu um beijo na cabeça congratulando-a. Muito bem, *Martinita*.

O negócio do silêncio era relativo. Com o passar dos dias, as normas foram relaxando, ou pelo menos relaxaram para uns mais que para outros. Quando se sentavam, Pai costumava explicar o que estava fazendo. Não se dirigia apenas a Mãe, mas a todos, inclusive ao pequeno Aquilino, que parava seu desenho pela metade e fingia ouvi-lo atentamente. Dizia coisas como:

– Estou analisando o caso de um pobre homem que foi condenado a três anos de prisão por roubar uma máquina de costura para a esposa. Queremos interpor recurso. Não é a mesma coisa roubar um relógio de ouro ou uma ferramenta de trabalho, todos deveríamos ter isso em mente, assim como não é o mesmo caçar um lince ou um coelho.

E explicava as particularidades daquele caso.

Às vezes, o que ele fazia era criticar, sub-repticiamente, algum colega do escritório.

– Copia meus argumentos. Eu falei: rapaz, aproveite meu trabalho se for útil para você, por mim não tem problema, mas ele ficou muito chateado e garantiu que nunca tinha olhado para um único papel meu. Enfim, sinto muito, porque ele nada mais é que um medíocre que teme ser despedido. Então, para ajudá-lo, deixo os processos à mostra e não digo nada.

– Bem, você deveria dizer a ele. Ser bem-educado não implica covardia – interveio Mãe.

– Não, não, isso não tem nada a ver, pare com essas frases feitas. – Pai odiava ditados.

Outras vezes, pedia a Rosa para resumir o que estava lendo ou a Damián para explicar o que estava estudando. Damián entraria no ensino médio no ano seguinte, mas já havia começado a se preparar, pois prevenir é melhor que remediar, embora isso não pudesse ser dito, já que era um ditado. Por sua vez, Mãe enumerava os nutrientes e propriedades do jantar que prepararia mais tarde e Pai a corrigia carinhosamente se ela cometesse alguma imprecisão. Martina tentava se contagiar desse espírito coletivo, mas não dava certo. Olhava tudo meio afastada – de um cantinho escuro –, e suas entranhas ferviam por um motivo que não tinha nada a ver com fome, embora, de certa forma, se parecesse com ela.

Martina tinha acabado de completar onze anos. Talvez o vírus já estivesse tão disseminado em seu corpo que era impossível removê-lo completamente. Talvez Rosa estivesse certa, e já tivesse sido toda comida por dentro.

O costume de se reunirem às tardes não durou muito. Martina não lembra por que pararam de fazê-lo, ou mesmo se realmente acabou adquirindo o caráter de costume. Quanto tempo ficaram assim? Dias, semanas, meses? Não foi, no entanto, mais que aquele inverno: em sua memória permanece a barra da toalha da mesa de jantar – brincava com o tecido de veludo, passando a mão nele para a frente e para trás –, o braseiro que mantinha todos muito aquecidos – quer se pudesse escrever assim ou não – e o céu escurecendo às seis da tarde, atrás da janela de vidros limpíssimos e gerânios vermelhos já antecipando a primavera.

"Tudo tem valor, por mais insignificante que possa parecer", ela leu certa vez em sua *Viagem ao reino do xadrez*. "Se restarem apenas os dois reis e um peão no tabuleiro," dizia o livro, "qual será o destino desse peão? Será que ele vai conseguir avançar e se tornar uma nova rainha?" A seguir, ofereciam-se duas respostas. A falsa: "Depende, às vezes se consegue e às vezes não, e não se pode saber por quê". A verdadeira: "Claro que se sabe, desde que se siga a teoria, é muito simples de conseguir, basta conhecer as posições vencedoras e direcionar o jogo para algumas delas". Martina olhou para os diagramas, pôs as peças nas posições críticas mostradas, armou-se de paciência, mas não entendeu o mecanismo da infalibilidade. "Às vezes se consegue e às vezes não" lhe parecia uma resposta mais coerente com sua própria experiência, mais verdadeira.

Quanto ao vírus... Martina escreveu em seu caderno e deu a Pai para que revisasse a redação.

Um vírus pode ser herdado dos pais e, mesmo que você mude de pais, o vírus ainda continua lá dentro, sem morrer. O vírus da aids, por exemplo, é transmitido pela mãe ao filho durante a gravidez. A criança não tem culpa de nada, mas nasce com um vírus que a devora por dentro.

Pai riscou a palavra *culpa*, que achou improcedente, e inseriu várias vírgulas que faltavam. Depois, perguntou-lhe de onde tinha tirado a estranha ideia de que os vírus comem as pessoas por dentro e, sobretudo, de onde havia tirado a aids.

– Do colégio – disse Martina.

Era verdade. Fazia pouco tempo que tinham assistido a uma palestra sobre a aids; desde então, era só pensar em vírus e, no ato, aparecia essa palavra, *aids*. Martina também conhecia o vírus da gripe, mas sabia que ele não é transmitido de mães para filhos, e sim por espirros e muco, de qualquer um para outros.

Pai apenas explicou de forma impessoal algumas coisas sobre como os vírus funcionam. Para que haja contágio, disse ele, é necessário o contato direto entre a pessoa doente e a pessoa saudável, por isso nem sempre é uma questão de laços familiares. Falou da propagação, de imunidade e vacinas, desenhou um círculo com pequenas ventosas e dois olhos. Mas não fez uma única menção a Martina ou à possibilidade de que alguém de sua família – de sua antiga família – tivesse sido infectado por um vírus no passado.

Claramente, Pai não se lembrava da conversa que Rosa lhe contara, ou se fazia de desentendido. Talvez essa conversa não tivesse acontecido e Rosa a imaginou apenas para provocar Martina. Ou talvez sim, e Rosa acreditara literalmente, de pés juntos, numa metáfora, uma metáfora que Pai agora esquecera, mas uma metáfora de quê?

Com o caderno na mão, pensativa, Martina arriscou perguntar.

– Papai, há segredos na nossa família?

– Claro que não!

– Então, se eu tivesse um vírus e não soubesse, você me diria?

– Que besteira é essa?

– Uma besteira que me ocorreu.

– Você não tem nenhum vírus.

– Mas, se eu tivesse, você me diria?

Pai esfregou as sobrancelhas.

– Martinita, eu não sei do que você está falando ou por que toda essa enrolação. Você pode me perguntar o que quiser, não precisa inventar a artimanha do vírus.

Martina não sabia o que era uma artimanha, mas sabia que tinha dado um passo em falso e que já era irremediável dar os próximos, mesmo correndo o risco de tropeçar e cair.

– Não inventei nenhuma *artinanha*. A Rosa me falou sobre o vírus.

– A Rosa te disse o quê?

– Ela ouviu que a tia e você... Quer dizer, a mamãe e você... vocês estavam dizendo que eu tenho um vírus.

– A Rosa vive no mundo da fantasia, você não deve prestar atenção no que ela diz. Mas o que exatamente você quer saber?

– Não quero saber nada. Só o negócio do vírus.

– Bom, então é fácil: você não tem nenhum vírus. Algo mais?

– Não.

– Tem certeza? Tem certeza de que não quer saber de mais nada?

Tem certeza? Martina queria saber tudo, mas, apesar da pouca idade, já sentia que a verdade, dita por certas bocas, era impossível de alcançar. Ela queria saber as coisas pela boca de Pai? Coisas secretas? Coisas *ordinárias*? Pai esperava de braços cruzados, observando-a por cima dos óculos, insistindo que se quisesse saber alguma coisa deveria perguntar direto para ele, pois naquela família não havia segredos e se podia falar às claras.

Martina piscou muito rápido, sorriu amedrontada.

– Perdão – disse ela.

– Perdão por quê?

Ela não sabia responder, mas era verdade: precisava que ele a perdoasse, mesmo que não soubesse por qual erro ou pecado. Pai deve ter se compadecido ao vê-la tão consternada. Descruzou os braços, deu dois passos em direção a ela e esperou que a menina, por si mesma, e como era natural, o abraçasse.

Unha e carne

Rosa caminhava pelo corredor lotado de meninos. Os da terceira série nunca respeitavam a proibição de sair da classe entre as aulas; e ela, claro, não seria a única a garantir o cumprimento da regra: eram crianças de dez, onze anos! Que crueldade limitar seus movimentos, pensava ela, aquele regime carcerário que, ao invés de acalmá-los, despertava sua rebeldia. Rosa ainda era inexperiente, professora de primeira viagem que não considerava as crianças como inimigas, embora também não soubesse muito bem qual seria a alternativa.

No caminho para a sala dos professores, cruzou com Camille, o porteiro.

– Uma pessoa te ligou. Eu disse que você estava na sala de aula. Ele diz que vai ligar de volta na hora do recreio.

Pela expressão de Camille – os olhinhos maliciosos e as bochechas se movendo para cima e para baixo, como se ruminassem –, Rosa ficou intrigada. Deteve-o.

– Quem era?

– E eu sei lá quem era! Perguntou por você. Disse: nessa escola trabalha uma moça chamada Rosa? Sim, eu disse. Ela pode atender?, perguntou. Não, não pode, eu disse. Por quê?, perguntou. Porque está na sala de aula, eu disse. A que horas posso encontrá-la?, me disse…

– Ok, ok, Camille. O que eu quero saber é se ele não te explicou mais nada. Por que estava ligando ou algo assim.

– Não, nada. Só disse que vai tentar de novo na hora do recreio.

Rosa agradeceu, entrou na sala dos professores, pegou a pasta de que precisava para a próxima aula e esqueceu a conversa.

Durante o recreio, se não estivesse encarregada do pátio, ficava na sala dos professores tomando café de máquina e folheando o jornal. Se pudesse estudar, estudaria – seu cargo naquela escola era apenas temporário, ela ainda tinha de passar no período de teste –, mas havia muito barulho à sua volta, conversas alheias das quais não se sentia no direito de participar. Lia as manchetes e observava de rabo de olho os armários, o que seus companheiros guardavam, o que pegavam, todos aqueles pequenos objetos brilhantes e enigmáticos, com a mesma curiosidade e atenção com que um corvo os olharia.

Camille assomou a cabeça pela porta e a chamou.

– Telefone!

Que chatice, pensou Rosa. Quem quer que fosse, por que não ligava no celular?

Na portaria, Camille se instalou perto dela, fingindo estar muito ocupado. Agrupava fotocópias e as grampeava com uma rapidez enérgica, murmurando para si mesmo e balançando muito a cabeça. Rosa pegou o telefone e se virou em busca de intimidade.

– Quem é?

– Rosa?

– Sim, sou eu. Quem é?

– Ehhhh, você não me conhece. Sei quem você é, te conheço muito bem, mas você, bem, você não sabe quem eu sou, não pode saber.

A voz soava mal-humorada e nervosa. Rosa tentou identificá-la, sem sucesso. O homem a quem pertencia continuava a se enredar em explicações vagas.

– Eu... me chamo Antonio e, de qualquer forma, o que adianta falar meu nome se você não sabe quem sou... Mas eu te conheço, procurei seu nome na internet, seu nome e sobrenome, e descobri que você trabalha nessa escola, é por isto que estou te ligando, porque preciso falar com você.

Parecia impaciente, como se fosse ela quem o tivesse chamado, incomodando-o, e não o contrário. Rosa queria interrompê-lo, assumir o controle da conversa, mas não era fácil tomar a palavra. Ele continuava falando, apresentando-se misteriosamente, passo a passo, sem trégua. Só quando ela insistiu, depois de muitos preâmbulos, foi que ele se identificou como marido de Paqui.

– Paqui? Que Paqui?

– Paqui Carmona. Você não conhece Paqui Carmona? Realmente, não se lembra da Paqui Carmona?

Paqui Carmona. Havia sido sua colega de faculdade no primeiro ano, uma espécie de amiga de uma lealdade canina que sempre se sentava ao seu lado nas aulas. Quando Rosa mudou de curso, elas mantiveram contato por mais alguns anos, de forma intermitente, até que pararam de se ver por completo. As memórias de Rosa eram muito fragmentadas. Paqui era uma menina que cultivava uma atitude submissa, afastando-se dos holofotes com plena consciência disso. Ingênua, tímida, não causava problemas a ninguém. Rosa tinha se apoiado nela no início. Depois, quando ganhou confiança, já não precisava dela para nada.

– Sim, claro que me lembro – disse.

– Ah, menos mal, eu acharia terrível se você tivesse se esquecido dela porque, sabe, ela não se esqueceu de você.

Não, Paqui não tinha se esquecido dela, repetiu o tal Antonio, elevando o tom da voz. Na verdade, dizia, lembrava-se dela todo dia, e quando dizia *todo dia* não era um modo de falar, mas uma realidade: *todos e cada um dos dias de todos aqueles anos.* Será que ela, Rosa, se lembrava da amiga com tanta frequência?

– Cara, claro que eu lembrei. Antes a gente era unha e carne.

Unha e carne. Sim, isso ele tinha entendido, que elas eram íntimas. No entanto, quando Rosa saiu da faculdade, parou de procurá-la. Paqui telefonava e ela, Rosa, não ligava de volta. Começou a dar desculpas esfarrapadas, a desprezá-la. Abandonou-a. Ela não podia imaginar o tamanho do estrago que lhe fizera com aquela atitude. Por sua causa, agora Paqui sofria todo dia, e quando dizia *todo dia* etc.

– Mas... eu não sabia nada disso.

– Você não sabia ou não queria saber? Ela ficou com depressão por alguns anos, você também não sabia disso? Nem saía da cama, perdeu muito peso, adoeceu de outras coisas porque a depressão sempre leva a outras coisas. Que tipo de amiga você é que nem se dignou a ir ver a Paqui?

Era uma ferida muito profunda que havia em seu íntimo, ele continuou, tão dolorosa que caía no choro toda vez que se lembrava. Ele a aconselhara a esquecer Rosa, mas ela não era capaz, vivia como quem vive um trauma de infância, sem conseguir superá-lo. Era difícil para ele entender como, em todos aqueles anos, Rosa não tinha tirado um tempo, um mísero tempinho, para vê-la ou telefonar para ela. Era difícil para ele entender aquela traição, aquela deslealdade. Mas, de qualquer forma, tinha acontecido assim e não podia mais ser mudado. O que Rosa podia fazer agora era equilibrar um pouco a balança. O que não significava nada para ela, para Paqui talvez fosse a solução da depressão.

– Ela ainda está deprimida?

– Pô, é claro que ela está deprimida! Como poderia não estar?!

– Mas antes você disse que… você disse que foram alguns anos.

– Não. Não, não, não e não. Ela nunca saiu desse buraco. Nunca. Às vezes tem fases melhores, às vezes piores. No momento, está passando por uma fase difícil. É por isso que estou te ligando. Ou você acha que é fácil eu ligar para você? Você pensa que eu não acho humilhante? Não faço isso por prazer, fique sabendo. Mas você tem que retomar o contato com ela. Mesmo que seja apenas uma vez, pelo menos por um instante. Seria um presente maravilhoso para Paqui se você lhe dedicasse um pouco de atenção.

Confusa, Rosa prometeu que ligaria assim que pudesse e pediu um número para fazê-lo.

– Não! Você não entende nada! Se eu te der o celular dela ou o número de telefone que temos em casa agora, ela vai entender que você está ligando porque eu pedi. E isso seria contraproducente.

– Ok, mas então como eu faço?

– Vamos ver, pense um pouco. Quando vocês se conheceram, ela não tinha celular e você também não, né? Vocês se ligavam na casa dos pais, não é mesmo? Bem, agora faça o mesmo.

– Não estou entendendo.

– Como não está entendendo? Você não é professora? E os professores não são muito espertos? Pô, você não parece muito esperta… Me escuta. Você tem que ligar para ela na casa dos pais, como quando vocês eram estudantes, e agir como se você tivesse se lembrado dela por conta própria, não porque eu te disse. Liga para os pais dela e eles te passam o contato.

– Ok.

– Ah, e inventa uma desculpa para justificar por que você ficou em silêncio por tanto tempo. Algo que lhe sirva de explicação ou conforto, entende?

– Sim.

– Vou repetir as instruções: você liga para o número dos pais dela, pergunta por ela e não me menciona de jeito nenhum. Mas de jeito nenhum, hein? Espero que fique bem claro.

Instruções, pensou Rosa. Suas têmporas latejavam e suas mãos tremiam, mas disse que sim, que tudo estava muito claro para ela. Então pediu para passar o telefone dos pais dela e ele subiu a voz de novo.

– Nossa! Como eu imaginava! Você perdeu!

Às apalpadelas, Rosa procurava um pedaço de papel para anotá-lo – ele já estava ditando número por número, bem devagar, como se dita a crianças ou idosos. Intrigado, divertido, Camille passou-lhe um Post-it. Por seu olhar travesso, era como se tivesse ouvido toda a conversa.

– Ufa, como as pessoas são loucas – disse ela enquanto desligava, disfarçando.

O cubículo da portaria se tornara mais estreito, mais claustrofóbico. Ela saiu de lá chocada, chateada e se sentindo profundamente culpada.

No dia seguinte, Camille interrompeu sua aula para avisá-la.

– É aquele cara de novo – disse.

Embora Rosa não lhe tivesse dito nada, o tom de Camille dava a entender que ele poderia dar uma mãozinha se precisasse. Estava de braços cruzados, a mandíbula proeminente, arrogante, mas o mesmo aspecto cômico de sempre, ninguém a quem se pudesse levar a sério.

Rosa pediu aos alunos que continuassem com os exercícios. Todos seguem o mesmo padrão, disse, são muito fáceis, é só tirar os parênteses e descobrir a incógnita. Saiu para o corredor, fechando a porta atrás de si.

– O que ele te disse?

Camille arregalou os olhos, dramático.

– Ele me deixou um recado, mas não sei se entendi direito.

– Que recado?

– Que eu insistisse para você ligar *para você sabe onde*. E que, se não fizer isso, vai te lembrar *todo dia*, para que não se esqueça. Depois, disse que *todo dia* não era uma forma de falar. Que ligaria todos os dias e que...

– Ok, tudo bem. – Rosa não sabia como justificar todo aquele disparate.

– Parece uma ameaça, não é? Você não acha que deveria avisar a polícia?

– Não, não, de jeito nenhum. Eu resolvo tudo sozinha.

– Tem certeza, menina? Olha, ele estava falando muito estranho. Dava arrepios só de ouvir.

– Não, de verdade. E não me chame de menina.

Decepcionado, Camille lhe deu as costas.

– Como quiser. Mas esse tipo de coisa deve ser denunciado. Aí acontece o que acontece.

Esse tipo de coisa... Acontece o que acontece... O que Camille estava imaginando? Talvez fosse melhor dar-lhe alguma explicação. Não queria alimentar fofocas e, diante da grande imaginação que ele parecia ter, era melhor não lhe dar asas. Entrou na sala de aula, apaziguou o alvoroço que se formara em sua ausência. Mas como resolver equações agora, quando havia outra grande incógnita para resolver? Deu tempo livre às crianças. Embora faltassem apenas dez minutos para o sinal tocar, eles comemoraram com um grande aplauso.

Rosa se pôs a pensar. Se ela ainda não tinha ligado para Paqui, era porque decidira seguir o conselho de Martina, sua irmã. Naquela época, elas costumavam se telefonar à noite, depois que Rosa punha a menina na cama. Quando ela lhe contara sobre Paqui, Martina foi categórica. Nem pense em entrar no jogo desse louco, disse. Como você sabe que o que ele está dizendo é verdade? Não é normal assediar dessa forma uma pessoa que ele nem conhece, aludindo a uma história absurda que além disso tinha ocorrido quando? Dez anos atrás?

– Oito – disse Rosa.

Dez ou oito davam na mesma, era tempo demais para uma suposta amiga ficar obcecada por ela. Martina não acreditava nem um pingo nessa história. Nem na dela nem na dele. Casalzinho ridículo, disse. Que Rosa esquecesse aquilo. Se ligasse de novo para ela, que o mandasse ir pastar. Ou, melhor ainda, que não atendesse. Que avisasse o porteiro para dar uma desculpa qualquer.

– Acho que ele não vai ligar mais – disse Rosa. – Parece que estava desconfortável falando comigo.

Mas ela estava errada. O que deveria fazer agora? Confiar nas advertências de Martina e avisar Camille para ajudá-la a se livrar do homem perturbado? Ou atender aos seus pedidos e, assim, acalmá-lo antes que as coisas piorassem? Na noite anterior, depois de conversar com Martina, o sentimento de culpa havia se dissipado, mas agora, de repente, estava crescendo outra vez, lembrando-a de que era uma pessoa ruim. Será que realmente custava tanto fazer uma ligação, proporcionar uma alegria à sua velha amiga? O pedido do marido pode não ter sido muito normal, mas por acaso ela era o luminar da normalidade? Paqui sempre foi uma menina frágil, talvez estivesse sendo massacrada por problemas que tinha dificuldade em compartilhar. Talvez fosse verdade que Rosa não se comportara bem com ela, que tinha perdido o interesse por ela muito rápido, deixando-a de lado na primeira oportunidade. Por mais desconfortável que fosse admiti-lo, era verdade que a usara e que, quando já não era conveniente para Rosa, se esquecera da amiga. É possível que seu marido, aquele tal de Antonio, estivesse se comportando com inépcia, exagero e até violência, mas as motivações que o levaram a agir assim foram louváveis, ele devia amar muito Paqui e se importar com ela – se preocupava tanto, na verdade, que ficaria insistindo *todo dia* até que Rosa tomasse uma atitude. Sim, Rosa decidiu que era conveniente atendê-lo, cumprir o que prometera e aliviar a tensão o mais rápido possível. Quando, no fim da aula, se deparou com Camille e sua expressão curiosa – o desejo de fazer perguntas emergindo em cada um de seus gestos –, decidiu que não lhe daria a deixa que estava querendo.

Naquela tarde, disse a si mesma, ligaria para Paqui sem falta. Ou melhor, para a casa dos pais, fingindo ter se lembrado dela de repente, do nada, seguindo à risca as instruções recebidas.

A mãe ficou muito feliz ao ouvi-la. Lembrava-se muito bem de Rosa, claro! O que acontecera com ela em todos aqueles anos? Como estava? Tinha arranjado emprego? Era casada, tinha filhos? Rosa se lembrava vagamente daquela mulher. Tinha ido à casa de Paqui várias vezes, numa ocasião inclusive ficara para dormir. Era uma casa enorme na periferia, caindo aos pedaços, cheia de gente que entrava e saía o tempo todo, primas, tias, amigas, um bando de mulheres de todo tipo que fofocavam, cozinhavam e costuravam todas juntas. O único homem de que ela se lembra ali era o pai de Paqui, um senhor taciturno e esguio que se mantinha afastado, falando tão baixo que mal era compreendido. Além disso, na casa moravam uma avó surda, de cabelos muito longos e amarelados, que se sentava muito ereta em sua poltrona de bambu, e outra irmã mais nova, ainda menina. Trancadas em seu quarto, Paqui lhe mostrara seus tesouros: uma coleção da revista *Vogue* que incluía exemplares muito antigos – dos anos 1940, 1950? –, um baú cheio até a tampa com fantasias, trajes inúteis, retalhos de toda variedade de tecidos – seda, chamalote, popelina –, muitos deles com aspecto luxuoso, com bordados e lantejoulas, uma caixa de costura de vime com carretéis de todas as cores, um alfineteiro em forma de tomate, uma caixa de lata cheia de botões grandes e pequenos, simples e sofisticados, de madeira, plástico, madrepérola e casco de tartaruga. Um lindo gato persa caminhava entre tudo aquilo, serpenteando com elegância. Deitado em sua almofada de veludo, ele as observava todo majestoso. Foi a única coisa que realmente lhe interessou: aquele gato enorme tão cerimonioso, tão seguro de si.

Para resgatar todos esses detalhes da memória, Rosa teve de fazer um esforço, tirando-os um a um do passado. Mas duvidava da precisão de suas lembranças, até mesmo de sua veracidade. Talvez, ao evocar a atmosfera daquela casa – mais excêntrica que alegre, mais perturbadora que confortável –, ela a estivesse inventando. É possível que Rosa invejasse a atividade barulhenta, a aparente falta de responsabilidades, o caos como um reverso apetecível de sua própria família, na qual as regras, a ordem, a limpeza e a disciplina eram tão indiscutíveis quanto sufocantes. Lá todos falavam pelos cotovelos, discutiam, questionavam, gritavam na hora da refeição, xingavam e blasfemavam, enquanto em sua casa cada palavra tinha de ser medida, contornando com cautela um monte de restrições. O contraste deve ter impressionado Rosa, embora, naquela época, ela encontrasse contrastes em todos os lugares para os quais olhava.

Agora, porém, ela se perguntava sobre outro tipo de contraste: o que se estabelecia entre a família de Paqui – expansiva, sociável, exuberante – e a própria Paqui – retraída, insignificante à primeira vista. Como não tinha percebido essa contradição antes? Ensimesmada nos próprios problemas, Rosa não era muito sagaz na época. Para ela, Paqui era apenas mais uma menina que, em determinado momento, em público, podia até constrangê-la um pouco. Embora seu interesse por roupas a fizesse se vestir com certa ousadia, não era uma ousadia provocativa, era muito mais refinada, difícil de ser apreciada por seus colegas de classe, que deviam rir de sua aparência de dama vitoriana ou donzela mística, com suas delicadas blusas de renda, seus amplos quimonos de cetim e os cabelos soltos, repartidos ao meio, que lhe caíam dos dois lados até a cintura. Paqui era estranha, mas uma estranha inofensiva, que, uma vez olhada, já não valia a pena olhar mais. No primeiro dia, sentou-se ao lado de Rosa, que também estava sozinha, e as duas conversaram; no segundo dia, quando Rosa chegou, Paqui já tinha reservado um lugar ao seu lado. Tornou-se costume sentarem-se juntas, tomar café da manhã juntas, compartilhar o caminho até o ponto de ônibus, trocar – mais ou menos – confidências. Embora com o resto das pessoas Paqui fosse muito calada, com Rosa ela falava sem parar, contando suas complicadas histórias de amor, encontros aleatórios, ameaças, vaticínios e acidentes. Mas ela não era uma boa narradora. Era entediante. Quando se enredava numa de suas histórias, a cabeça de Rosa viajava para outro lugar. O que Paqui contava sempre soava fantasioso e incoerente, como se estivesse inventando na hora.

Também não era uma boa aluna, embora fosse perseverante e esforçada. Fazia anotações em alta velocidade com a caligrafia retorcida e delicada, escrevendo com capricho e sem abreviaturas cada palavra, cada hesitação, todos os desvios e rodeios dos professores, mesmo os mínimos, alternando a cor das canetas segundo um complexo método de identificação de parágrafos. Rosa, menos preocupada com os detalhes, só tomava notas soltas, cujo sentido muitas vezes esquecia depois. O que Paqui produzia numa única aula – folhas e mais folhas de anotações –, Rosa resumia numa página críptica e apertada.

No meio do curso, mais ou menos, Rosa soube que não queria continuar estudando naquela faculdade. Escolhera a psicologia por acaso, porque tinha de escolher alguma carreira e por um vago e mal direcionado interesse na mente humana, mas ali tudo soava artificial e insignificante, e o ambiente – patricinhas com pastas contra o peito que aspiravam montar um consultório para *ajudar os outros* – a deprimia. Começou a faltar às aulas. Tinha conhecido um rapaz de outro curso; como dificilmente conseguia escapar em outros momentos, aproveitava as manhãs para vê-lo. No início, faltava apenas algumas horas, mas não demorou muito para faltar dias inteiros. O rapaz pegou a chave de um apartamento da família que estava vazio; eles iam para lá transar até a exaustão. Paqui retorcia os dedos de emoção quando ela explicava o que fazia durante sua ausência, seus olhos brilhavam de êxtase só por ouvi-la. Adaptou-se tanto ao seu papel de confidente que começou a viver a vida de Rosa através da amiga – a paixão repentina, as duras revelações mais tarde, a decepção final – com base no que ela lhe revelava quando aparecia na faculdade. Ofereceu-se para lhe passar as anotações, suas preciosas anotações, sem pedir nada em troca. Para Rosa foram muito úteis porque, ao lê-las, era como se estivesse assistindo à aula toda. Graças a essas notas, e apesar de suas ausências, Rosa passou em todos os exames com boas notas. Mesmo sabendo que seus pais iriam fazer um drama quando anunciasse que queria abandonar o curso, era indispensável que eles não culpassem sua decisão pela falta de estudo ou capacidade. Seu pai não tolerava preguiçosos ou lerdos. Ao apontar, com o boletim cheio de notas altas, o motivo de sua deserção, talvez conseguisse conter o desprezo dele em alguns graus.

Por sua vez, Paqui não obteve notas tão boas quanto Rosa, mas essa diferença não a desanimou em nada. Ao contrário, ficou feliz por ter ajudado Rosa a ter sua aventura e salvar o curso ao mesmo tempo.

– A Paqui não mora mais aqui, sentimos muita falta dela! – disse a mãe. – Quer que eu lhe passe o número do celular dela?

– Sim, claro, o celular – Rosa anotou com cuidado.

– Ela vai ficar muito feliz quando você ligar. Sempre falava maravilhas de você. Mencionava seu nome o tempo todo. Que alegria saber que você está bem! E já é mãe e tudo! Que maravilha!

Depois de se despedir tentando corresponder àquele entusiasmo, Rosa desligou com o peito angustiado. Deus, como poderia ter se esquecido dessas pessoas?

Se ficou surpresa ao ouvi-la, não foi uma surpresa excessiva, certamente não como a de sua mãe. Talvez, afinal, seu marido tivesse tocado no assunto? Também não notou uma alegria particular em sua voz – dados os antecedentes, Rosa esperava algo mais… efusivo –, embora percebesse uma atenção doce e sincera. Claro que gostaria de tomar algo com ela, disse, fazia tanto tempo! Tinha livres todas as tardes, exceto as segundas-feiras. Rosa também, menos as terças. Elas combinaram de se encontrar na quarta-feira seguinte, numa casa de chá no centro da cidade. O local foi proposto por Rosa, que lembrou como Paqui gostava de infusões. Ainda faltavam alguns dias, nos quais, como era de se esperar, cessaram as chamadas do impetuoso Antonio. Camille a informava toda vez que cruzava com ela:

– Ele não ligou hoje.

Ou:

– Hoje também não.

E também, com um sorriso de canto de boca:

– Menina, o que você fez para que ele parasse de ligar? Aceitou a chantagem?

Chantagem era a mesma palavra que Martina, a sensata e sempre moderada Martina, usara. Claro, ela também perguntara a Rosa como a história terminou e se aquele *pirado* – como o descrevera – tinha parado de *assediá-la*. Rosa mentiu para tranquilizá-la. Arrependia-se de ter lhe contado essa história. Quando lhe falou sobre Paqui, fez um retrato dela com traços grosseiros, caricaturescos e até ofensivos – a típica menina tonta sem nada na cachola… Agora tinha vergonha de tê-la despachado daquela maneira. Havia assuntos no passado de Rosa – coisas problemáticas, de textura vítrea – que era melhor não revelar. Para quê? Ninguém, nem mesmo Martina, iria entendê-la.

No dia do encontro, ela deixou a filha, inventando uma desculpa, e foi para a casa de chá cheia de pensamentos estranhos. De manhã o tempo estava brumoso, as ruas envoltas numa aura fantasmagórica, mas, seguindo à risca o ditado que o pai odiaria – *manhãzinha de neblina, alegria vespertina* –, o sol agora brilhava com ousadia. Que diferença, pensou Rosa, entre a claridade do ar, as cores tão puras e seu coração desorientado. Encontrar-se com Paqui também seria recuperar uma parte de si mesma, de seu passado, que desconhecia. O poder que tivera sobre a amiga, sem ter consciência disso. Que bobagem, pensou. Mas, por mais que tentasse conter sua vaidade, alguns fiapos lhe escapavam quando evocava o que aquele homem estranho lhe revelara ao telefone: o que para ela não era nada, para Paqui poderia significar muito.

Sentia a vergonha autocomplacente da caridade, aquele impulso que, no fundo, também a repugnava.

A casa de chá era pequena e aconchegante. Rosa gostava dali porque costumavam pôr música étnica, deixavam cachorros entrar e as pessoas conversavam em voz baixa. Havia tapeçarias penduradas nas paredes e amplas almofadas para se sentar no chão: ela não conseguia pensar num cenário melhor para um reencontro. Com os olhos percorreu o espaço procurando aonde ir, até descobrir que Paqui já estava ali, sentada bem ereta numa mesa ao fundo. Seus olhos estavam cravados nela, mas era um olhar fixo, sério, como se estivesse zangada. Não a reconhecera? Ou talvez nem a estivesse vendo, porque ela viera da luz para a sombra? Por um segundo, talvez apenas meio segundo, foi como se a música parasse de tocar e até a própria Paqui não estivesse mais viva. Parecia um manequim colocado na cadeira, um chamariz, uma armadilha. Rosa se deteve por um momento, acreditando que havia se confundido de pessoa, hesitou e até pensou em dar a volta. Mas não: foi Paqui quem finalmente se levantou, que, aproximando-se, a beijou no rosto e, depois, pomposamente, a abraçou. Quase não havia mudado, embora usasse o cabelo mais curto, penteado com uma franja ondulada tipo anos 1920 e vestida de forma mais simples, um macacão verde-água sem mangas que lhe caía como uma luva. De resto, emitia a mesma palidez, uma falta de definição que, agora, observando-a mais atentamente, Rosa pensou que residia no tom acinzentado da pele, nas sobrancelhas pouco espessas ou nos cílios claros, quase invisíveis. Era como se estivesse feita pela metade, borrada. As linhas suaves do nariz, dos lábios, os olhos de um castanho-dourado, tênue: nada estava errado, mas nada se destacava.

— Por que você pediu café? Aqui eles fazem uns chás ótimos. Não viu o cardápio?

— Sim, mas não gosto de chá – disse Paqui, sorrindo.

— Nossa, pensei… Achava que você adorava.

— Imagina! Eu? Nunca. Sempre tomava café de manhã. Não se lembra?

Começamos mal, pensou Rosa. Acovardada, ela estava prestes a se corrigir e atribuir o erro à sua memória ruim. Embora, na verdade, pensou mais tarde, não estivesse errada. Lembrava-se do chá, claro, todo dia aquelas xícaras de porcelana que Paqui pegava com as duas mãos para se aquecer. Era camomila? Ou era tília?

Pediu um café. Enquanto o serviam, as duas trocaram frases atropeladas, sem qualquer ordem, frases vazias e cordiais. Ao falar, ao olhar para ela, Paqui se mostrava serena; não transmitia nenhum sintoma de depressão, longe disso: parecia satisfeita por estar sentada ali com sua velha amiga, mas aquilo não parecia transtornar seu mundo nem um pouco. De forma estranha, Rosa sentiu-se enganada.

Paqui falou o tempo todo sobre si mesma. Disse-lhe que, quando terminou a licenciatura, deixava currículos por toda parte, mas devia haver um grande número de psicólogos fazendo o mesmo, porque não a chamaram de lugar nenhum. Fez um estágio no departamento de recursos humanos de uma multinacional, três meses sem receber nada, não gostou. Na verdade, Paqui sempre fora apaixonada, Rosa bem sabia, por moda, então decidiu pedir um empréstimo e abriu uma loja de aviamentos, mas não mais do mesmo, com as mesmas coisas que havia em todos os lugares, e sim uma loja moderna e inovadora, disse ela.

— Com um ar parisiense – disse depois, e, na vibração de sua voz, agora sim, Rosa encontrou um vestígio da velha Paqui.

— Fico muito feliz, Paqui. Ainda me lembro de todas essas coisas, daqueles… tesouros que você guardava na sua casa. Eram incríveis. Então você está indo bem?

– Dá o suficiente para viver. Divido um apartamento com uma amiga, bem em cima do local que aluguei para montar a loja. Minha casa era uma gaiola de loucos, era impossível viver em paz ali, lembra?

– Sim, claro – disse Rosa, surpresa.

O que significava aquilo de morar com uma amiga? Como é que ela ainda não tinha mencionado o marido? Com cautela, como se a rodeasse, ousou perguntar-lhe se tinha um companheiro.

– Bem que eu gostaria! – Paqui riu.

Disse-lhe que tinha tido alguns rolos – chamou-os assim: *rolos* –, mas não deram certo. Suas pupilas agora vagavam inquietas de um lado para outro, ela gesticulava enquanto falava e torcia os dedos explicando em que tinham consistido aqueles *rolos*: rompimentos, reconciliações, confrontos imprevistos, confissões, declarações, palavras feias. Nem uma única alusão à existência de um marido. Aquela, sim, começava a ser plenamente a Paqui do passado, como se a casca tivesse se rompido e ela por fim saísse à luz. Rosa se mostrou interessada por suas histórias, perguntou-lhe mais alguns detalhes, fez também outras perguntas triviais – onde tinha comprado aquele macacão verde lindo, como conseguia se manter tão magra –, até perceber que a estava tratando com superioridade, como se ela não passasse de uma boneca à qual era preciso dar corda e contentar. Nem havia lhe contado que tinha uma filha e estava lá perguntando por seus *rolos* de forma condescendente. Permaneceu em silêncio, não conseguindo mais continuar.

– Você está bem? – disse Paqui.

Rosa balançou a cabeça.

– Sim, sim, é só que… é tão estranho vê-la de novo.

– Eu que o diga.

Fez-se um silêncio constrangedor. Rosa teve vontade de dizer algo solene, algo condizente com as circunstâncias que a haviam levado àquele lugar. Ela até pensou que deveria fazer um esforço e pegar uma de suas mãos – a mão que Paqui deixara inerte sobre a mesa –, mas o momento passou e foi melhor assim: caso contrário, pensou, teria sido um gesto afetado. Paqui balançou a cabeça e esboçou um sorriso rápido antes de perguntar:

– Por que você decidiu me ligar? Quer dizer, depois de tanto tempo, como foi? De repente você se lembrou?

– Mais ou menos. Devia ter feito isso antes, eu sei, mas estive sobrecarregada todos esses anos, passei por muitas transformações, muita confusão, mudanças, levaria semanas para te contar tudo, mas, de qualquer forma, seja como for, está claro que… eu não me portei bem.

Lá estava, enfim: a desculpa não pedida, que humilhava ambas. Rosa sentiu uma pontada sufocada de fúria.

– Eu nunca soube por que você abandonou a faculdade. – A expressão de Paqui tinha mudado, ficou cortante, incisiva. – Quer dizer, eu nunca soube o real motivo. Posso ser sincera com você?

– Claro. – Rosa sentiu que estava se aproximando do precipício.

– Era como se houvesse um motivo oculto, algo que você não queria confessar. Eu… cheguei a achar que a culpa era minha. Que você não me suportava, que queria se livrar de mim de qualquer jeito.

– Pelo amor de Deus, Paqui.

– Não me interrompa. Deixe eu terminar. Não é fácil para mim dizer isso. É… – esfregou as bochechas com os dedos, fechou os olhos – muito difícil, na verdade. Não me interrompa. – Abriu os olhos de novo e a olhou com estranha ferocidade. – Tentei te segurar o máximo que pude. Fazia as anotações para você, para que você pudesse passar apesar de… tudo o que você perdia das aulas. Me forcei a disfarçar o ciúme daquele namorado que você tinha, eu sabia que você não teria me permitido. Fingia estar feliz com o que você me dizia, mas estava morrendo de dor por dentro. Você era… tão necessária para mim. Eu andava atrás de você como um cachorrinho, mas você… você não percebia nada. Não te culpo… longe disso. É só… Você ficava sempre na sua, como se estivesse distraída, tão orgulhosa e sem se relacionar com ninguém. Eu mordia a língua para não falar com você sobre roupas, você achava isso tão frívolo! Tudo que eu gostava parecia lixo para você. Talvez fosse, não sei! Você sempre usava a mesma calça jeans e um par de malhas e outro de camisetas que ia alternando, e seu rabo de cavalo, e nunca, nunca, você se maquiava, tão certa de que assim… da sua atratividade, daquele toque masculino dos sapatos, você usava aqueles pares feios de propósito.

– Paqui, acho…

– Não, deixe eu terminar. Eu sabia que, se você fosse embora, eu não conseguiria mais levantar a cabeça. Sabia que todo mundo me desprezava e que eu nunca poderia me aproximar de ninguém. Estava tão desesperada que me rebaixei e te escrevi uma carta implorando que ficasse. Você a rasgou em pedaços.

– Mas o quê…? O que você está dizendo, Paqui?

– Você rasgou a carta em pedaços, eu vi, você pode não se lembrar, mas…

Rosa estava espantada e comovida. Como era possível que Paqui acreditasse em tudo aquilo? Sua leitura dos fatos não era apenas errada, era também um completo absurdo; o que tinha um sentido era interpretado exatamente de modo contrário. E o que era aquele negócio de carta? Ela não tinha rasgado nenhuma carta! Rosa respirou fundo e se preparou para se defender quando, de repente, fulminante e letal, uma imagem lhe veio à mente, algo que sua memória tinha descartado por completo e que agora se apresentava cintilante, nítida e reveladora.

Era verdade. Paqui havia escrito uma carta listando as razões pelas quais Rosa não deveria abandonar a psicologia. Entregou a ela junto das anotações de toda a semana, cuidadosamente organizadas por matérias. Rosa a extraiu do conjunto de páginas, soltou uma gargalhada. Você não vai me convencer, ela disse, esqueça. Rasgou-a ali mesmo, bem debaixo do nariz de Paqui, sem sequer se dar ao trabalho de lê-la.

O que podia fazer agora? Havia uma maneira de consertar aquilo? Rosa podia tentar se explicar, justificar sua ação apelando para... o quê? Paqui não conhecia o mundo de Rosa, não tinha ideia do que ocupava sua mente dia e noite naquela época. Qual a importância dessa carta para ela? Nenhuma. Seria ela culpada de não corresponder a um sentimento cuja existência nem havia percebido? É impossível conhecer os outros, pensou Rosa, o que eu sei sobre essa mulher, por que eu deveria tolerar essa cena ridícula? Como seria indigno tentar pedir desculpas se até ela está mentindo, escondendo seu casamento de mim! Acho que cometi um erro ao vir aqui, pensou em seguida. Deixei-me enganar mais uma vez, mais uma vez fui incapaz de pôr um basta à situação. Teve uma intensa sensação de fracasso, mas também sentiu, paralelamente, um lampejo de piedade que envolvia as duas: não só as que eram, mas também as que tinham sido anos atrás.

Como não fazia sentido pedir perdão, não pediu. A única coisa que podia fazer, na realidade, era admitir a verdade, responder com sinceridade à pergunta que havia dado origem a toda aquela torrente de confissões e que Paqui agora repetia quase para si mesma.

– É que eu não entendo. Por que você decidiu agora, precisamente agora, me ligar? Tem que ter algum motivo, alguma coisa aconteceu.

Mas ela não conseguiu falar, não foi capaz. Mentiu de novo, como levara a vida toda mentindo.

– Lembrei de você, Paqui, só isso. Tive vontade de te ver de novo. Não é tão complicado de entender. O tempo passa e as pessoas mudam. Acredite ou não, tenho lembranças muito boas dessa época.

– Sério? Você não está me enganando?

– Claro que não. Durou apenas um semestre, mas a gente era unha e carne, não era? Isso é indiscutível.

– Indiscutível, sim.

Embora continuasse tocando as bochechas com os dedos, o olhar de Paqui havia se amansado. Os lábios, úmidos, finos, sorriam esperançosos. Houve mais um momento de silêncio. Rosa, que manuseava o porta-guardanapos com impaciência, de repente o soltou. As duas falaram ao mesmo tempo, sem se entender.

– O quê? Desculpe.

– Eu… não, diga você primeiro – Rosa cedeu sua vez. O erro.

– Vamos nos ver de novo? – perguntou então Paqui.

– Sim, por que não? Outro dia.

– Quer dizer, não vai acontecer a mesma coisa de novo, certo? Você não vai me abandonar de novo, vai?

– Não, claro.

– Tem certeza?

– Tenho.

Paqui alisou cuidadosamente seu lindo macacão verde e disse que tinha de ir, estavam esperando por ela. Ergueu-se resplandecente, teatral.

– Você não tem a impressão de que tudo se ajeita? No fim, tudo se ajeita. Olhe que tarde linda. O sol apareceu, embora tenha amanhecido bem feio.

Rosa pagou a conta das duas, com a cabeça embotada de ideias e as bochechas ardendo de vergonha. Enquanto se despediam apertando-se as mãos, ela parecia ver a sombra de um velho fantasma, um visitante borrado, distante, que voltava do passado, como se todo esse tempo estivesse ali, ao seu lado. À espreita, esperando o momento de sair de seu esconderijo e pegá-la.

Resistência

A bem da verdade... depois que o primeiro nasceu, ficou bloqueada, sob os pés só encontrou um chão macio e sem consistência, nada em que se agarrar, pegou nojo do marido. Como um animal cuja pelagem foi arrancada, o que estava escondido por trás de todo aquele manto de boas maneiras e submissão apareceu: uma fera, ela podia se tornar uma verdadeira fera.

Hoje se chama depressão pós-parto. O termo também era usado na época, mas apenas na área médica. Normalmente, as pessoas diziam: ficou melancólica. As pessoas ou certo tipo de pessoas. O outro tipo de pessoas, menos piedoso, dizia: mãe desnaturada. Devido, por exemplo, ao fato de que Laura se recusasse a lhe dar o peito e ter sido preciso alimentá-lo por mamadeira desde o início.

Seu marido, Damián, roía as unhas para se conter e não culpá-la. Um pouco – pouquinho – ele sabia. Algo que não tinha a ver apenas com hormônios ou um capricho feminino.

Sentava-se ao seu lado, acariciava-lhe a mão.

Falava, falava e falava sob o pretexto de entretê-la e animá-la. Laura queria pedir que se calasse, que se calasse uma vez na vida, mas apenas fechava os olhos toda mansa, como uma vaca, que era o que, aparentemente, ela deveria se tornar.

O bebê, claro, se chamava Damián. Indiscutível.

– Se tivesse sido menina, seria Laura, como você – ele disse, esportivamente.

– Não.

Foi a maior rebeldia que se permitiu naqueles dias: aquela negativa sem maiores explicações, sem suavizante. Não.

Nunca se viu um homem tão dedicado. Levava o bebê, seu primogênito amado, para tomar sol e se curar da icterícia. Pegava-o no colo com ternura, ninava-o e lhe dava a mamadeira ao menor choro. Seu xará tomava tudo sem parar, para orgulho do pai de primeira viagem, cercado por mulheres mais experientes que ele, que, no entanto, elogiavam seu bom trabalho e a paciência.

– Vamos ver como vai ser quando ele for para casa – disse uma vizinha mais desconfiada que as demais.

Bem, ela estava errada. Sozinho, no modesto e quase desmobiliado apartamento, o pai era tão prestativo e gentil quanto na rua, com suas histórias, seus aforismos e a inesgotável missão de iluminá-la, de canalizá-la para a verdade.

Ele falava o tempo todo sobre o Projeto. A família era isso, o Projeto.

Para o bem do Projeto, ela precisava superar essa fase difícil. Porque, assim que estivesse recuperada, eles deveriam ter outro filho. E outro, e outro.

Ele era contra famílias com filho único. Os filhos únicos são caprichosos, insolentes e têm disposição para adoecer com mais facilidade, principalmente dos pulmões e das vias respiratórias.

Ela, que estava deprimida, mas não era tonta, replicava:

– De onde você tirou isso?

Era a deixa para que ele falasse sobre a aclimatação sanitária entre irmãos, se um contraísse uma doença imunizaria o outro etc. Isso estava mais que estudado.

A verdade é que demoraram quatro anos para ter outro.

Os quatro anos da Resistência, uma época às vezes também chamada de Guerra.

Quando se conheceram, Laura tinha orgulho dele. Na verdade, ainda tinha, às vezes. Achava que era um homem íntegro, inteligente, com princípios e uma carreira promissora. Isso, a carreira promissora, era uma expressão que Laura repetia em todos os lugares, soava muito bem para ela. Graças a ele, Laura agora tinha a possibilidade de se destacar. Despontar, aparecer, eram outras formas de dizê-lo. *Distinguir-se.* Era o tempo em que o valor da mulher era graduado de acordo com o homem que a escolhia. E que homem mais distinto! Um advogado!

Vinha buscá-la com a camisa limpa e abotoada até o pescoço, calça com vinco, mocassins elegantes, penteado, levemente perfumado, reservado, inteligente. Laura era uma cabeça mais alta que ele, o que era uma pena para um casal tão charmoso. Naquele assunto, a diferença de altura e até a própria altura, não se tocava, mas Laura, para não humilhá-lo, parou de usar salto alto.

Eles passeavam sem se afastar muito do bairro. Eram muito jovens, mas se comportavam como dois velhos. Naquela época, ela achava que aquele andar todo empertigado era sinal de estilo. Ele observava as ruas com atenção, de vez em quando arqueava as sobrancelhas. Toda aquela animação o perturbava: os blocos de apartamentos que se construíam em dois dias, uniformes, feios, as vizinhas de roupão cercadas de crianças catarrentas, as lojas onde o lojista, antes de atendê-las, olhava para os peitos das mulheres e elas nunca se incomodavam, muito pelo contrário. Vozerio e alvoroço, como se ninguém soubesse falar em voz baixa. A cidade crescera para acolher em seus limites os exilados das aldeias, com toda a sua vulgaridade e sua falta de cultura, numa camada de excrescência da qual era necessário fugir o mais rápido possível. Em seu modo de olhar, Damián deslizava uma sutil reprovação que fazia Laura se sentir um pouco culpada. Por aquela atitude, ela deduziu que ele vinha de outro mundo, mais elegante e seleto. Ele podia resgatá-la dali, e de fato o resgate fazia parte de seus planos.

– Você deveria estudar – dizia ele. – Não me refiro àqueles cursos que as mulheres fazem para achar um emprego em escritórios, taquigrafia e datilografia para subordinadas. Quero dizer estudar realmente, na universidade, como nos países soviéticos.

– Você acha?

– Sim, sim, sem dúvida. Estudar filosofia, história, latim ou grego. Algo assim. Você não precisa ir à aula. Você poderia fazer isso à distância, de casa.

– E leis, como você? Assim, poderíamos conversar sobre mais coisas.

– Não, leis não. Isso requer concentração, memória e disciplina. Eu vejo em você mais sensibilidade que método.

Laura se lembrou de como era ruim nas conjugações verbais; apertou os olhos tentando se lembrar do nome de uma batalha memorável e não conseguiu.

– Mas para aprender latim ou história também é necessário memorizar.

– Ah, sim, embora um erro ali não fosse letal, como é no direito, entenda. Se você errar um fato, bem, alguém vai te corrigir, mas se você se equivocar na aplicação de uma lei, pode levar um inocente para a forca.

– Mas não há mais pena de morte!

– Por favor, Laura, é uma forma de falar.

Ele tinha um profundo senso de justiça. Se queria ser advogado, disse, era para proteger os mais fracos e defender seus direitos espezinhados. Não pretendia enriquecer, o que buscava era um mundo mais igualitário e mais justo, onde a violência fosse completamente erradicada. Dentro da carteira, onde outras pessoas costumavam guardar uma foto da mãe ou da namorada, ele levava um cartão-postal amarelado com o rosto de Gandhi. Tinha comprado óculos como os dele, dourados, redondos, de latão, muito baratos. Como os do John Lennon!, disse Laura.

– Não sei a quem você se refere – respondeu ele, inexpressivamente.

Laura, criada ao abrigo de um catolicismo morno, mas firme, livrou-se imediatamente da religião. Mais difícil foi abandonar o hábito de fazer o sinal da cruz ao passar em frente a qualquer capela, porque era um automatismo quase inato, como pôr um pé atrás do outro ao caminhar. Se estivesse com a mãe, fazia o sinal da cruz sem problemas, em respeito a ela e porque, no fundo, lhe parecia mais natural que ficar de braços cruzados. Se fosse com ele, se continha. Certa vez que estava com os dois, esboçou um gesto vago que poderia ser ou não um sinal da cruz e não satisfez nenhum deles.

– A história da religião está coalhada de sangue e vísceras. Massacres por crenças, é a isso que tudo se resume, a passar as pessoas na faca por causa de ídolos de madeira pintada.

– Gandhi não era hinduísta? – disse ela.

– Gandhi era advogado e político! Um ativista! Sua religião inspirou certas ideias, não vou negar, mas não foi decisiva na sua trajetória. Eu respeito as crenças das pessoas, você nunca me ouviu criticá-las, mas não deveriam ir além da esfera privada, entende?

– Sim. Não. Bem, não importa.

– Como é que não vai importar? É preciso diferenciar as crenças de um homem como Gandhi, que era um ser superior, com um intelecto formidável e uma bondade infinita, das da sua vizinha, a carola, que vive acendendo velas e oferecendo flores a Santo Antônio para que as filhas se casem. Isso, sim, que eu não respeito.

Seus ideais humanistas eram muito mais amplos que qualquer religião, estavam quilômetros e quilômetros acima de qualquer templo. Com ele, fundar uma família seria iniciar um Projeto cujo propósito último os transcendesse como indivíduos, pois visava ao progresso social.

– O mais importante, o mais definitivo, é contribuir com seres para o mundo.

– Você quer dizer ter filhos?

– Claro, Laurita. Pense que, se não os tivéssemos, mesmo estando casados de papel passado e tudo, não seríamos uma família, seríamos apenas um casal, duas pessoas sem laços de sangue, estéreis e inúteis. Para fundar uma família, é preciso nascer uma criança. E, quanto mais filhos houver, mais laços de sangue, *mais família*.

Laura se perguntava: e se ela não pudesse ter filhos? E se só quisesse um ou dois? Ele iria repudiá-la?

– Não faça essa cara – dizia ele. – Não é tão complicado assim. Você vai ver. Vamos desenhar um mapa que mostre claramente quem somos, onde estamos e a que aspiramos. Um mapa da família. Quando estivermos desorientados, bastará olhar para ele e vamos voltar aos trilhos. Nunca vamos nos perder.

O mapa, que ele começou a desenhar no dia seguinte, ficou inacabado. Era uma miscelânea de linhas cruzadas, vermelhas, azuis e pretas, improvisadas e sem sentido aparente. Pela primeira vez – embora de forma morna e quase renegando a ideia –, Laura teve a impressão de que seu prometido não tinha muita constância além daquela que despejava em seus discursos inflamados.

Ele não era religioso, mas se opunha fortemente às relações pré-matrimoniais. Laura sentiu-se envergonhada por ter insinuado que, por ela... Aos quinze anos se apaixonara por um rapaz de sua idade, um ruivo muito bonito, triste, descabelado, com um olhar esquivo e braços e pernas muito longos, como se estivesse cansado de crescer; ossudo, todo cotovelos, joelhos, pômulos e omoplatas. Ambos eram órfãos: ele de mãe, ela de pai; aquela orfandade forjou um vínculo raro entre ambos, de desespero e dor. Os dois se encontravam às escondidas numa casa abandonada, entravam sorrateiramente, de mãos dadas, e se beijavam sem falar, repetidamente, até que acabavam com os lábios inchados. Certa tarde, acalorados, desconcertados pelo próprio desejo – tão novo, tão inédito –, acabaram seminus no chão. Laura não tinha certeza se aquilo havia sido consumado ou não – este verbo, *consumar*, era o usado pelas revistas femininas da época. Dor, com certeza, ela não sentira e na realidade mal tinha notado mais que um toque lá dentro, algo rápido, seco e emergente, porque o menino gozou logo e se deitou sobre ela, soluçando, ainda atordoado com o que acabara de acontecer. O que Laura mais se lembrava daquela cena eram os momentos prévios, quando o menino beijara seus mamilos, a língua mal a tocando, hábil em sua falta de jeito, e o interior daquela casa abandonada girando, as paredes se liquefazendo e um pensamento fulminante, muito claro: eu nasci para isso.

Anos depois, ela ainda se perguntava: era virgem ou não? Nunca havia se preocupado muito com essa questão, mas agora, de repente, isso a atormentava. É claro que conhecia muitas mulheres solteiras que não eram, sua irmã mais nova, por exemplo, mas o que começava a ser a moeda de uma nova era – ah, a bendita pílula – também poderia se tornar, mais que nunca, um opróbrio: ela também, como as outras, havia caído nas garras da vulgaridade?, Damián poderia lhe perguntar quando chegasse a hora.

Então, quando chegou *a hora*, depois do casamento – o austero casamento secular que foi celebrado de acordo com o gosto dele, ao qual ela alegremente se dobrou –, se Damián notou, não disse nada, de modo que, embora não houvesse prazer para Laura, havia pelo menos uma boa dose de alívio. Ele havia se limitado a se comportar com rigor e com uma mecânica de manual de instruções, e Laura se sentiu satisfeita: se era para ser assim, que assim fosse.

Afastou-se da família, da mãe e do irmão mais velho, mas também da irmã, apesar da proximidade que tinham quando crianças, sempre brincando juntas, sempre aprontando juntas. Não houve um motivo claro. Simplesmente, a irmã deixou de ser bem-vinda em sua casa, não por uma proibição expressa, é claro, mas pelo desconforto viscoso que se criava assim que ela aparecia, pelo modo como as palavras se adensavam e os gestos tomavam peso, pelos silêncios que se criavam e pelos novos significados das coisas normais, que agora se tornavam suspeitas e irritantes.

Antes mesmo do casamento, a relação entre as duas já esfriara muito. Se houvesse alguém com ela – e, sobretudo, se esse alguém fosse Damián –, Laura tinha vergonha da irmã, de sua ignorância e mediocridade, e se afastava dela como se corresse o risco de se contagiar. A própria irmã também agia com cautela. As conversas entre as duas eram repletas de convencionalismos e omissões, atravessadas por um finíssimo desprezo autodefensivo.

A irmã sempre fora meio desmiolada, tinha saído de casa quando era adolescente, trabalhara em mil empregos degradantes – e em nenhum deles permanecia muito tempo –, teve uma infinidade de namorados. Laura não pretendia seguir o mesmo caminho desvirtuado, embora às vezes se surpreendesse pensando nela com uma pontinha de inveja. Fantasiava uma vida semelhante, cheia de aventuras e incertezas, obscura e desonrosa, mas logo se corrigia, vendo os resultados desastrosos que sua irmã alcançara com sua confusa noção de liberdade.

O mundo distinto do qual ele procedia se revelou, em termos econômicos, muito parecido com o seu.

Quando viajou para conhecer seus sogros e cunhados, Laura entendeu que a diferença residia apenas no caráter daquela família, em sua evidente superioridade intelectual. Eles eram baixinhos e magros, mas pareciam andar um metro acima da calçada, evitando a grosseria e a falta de cultura, a ganância e o egoísmo. Falavam muito devagar, baixinho, usando palavras difíceis e precisas, e diziam amar os dicionários. Consultavam suas dúvidas e discutiam entre si por acepções, sinônimos, preposições corretas ou incorretas, quando *que* é um advérbio e quando é uma conjunção. Comiam com frugalidade, eram abstêmios e iam dormir cedo. Não tinham televisão. Nunca gritavam um com o outro, mas sob o diálogo – ou como se chamasse aquilo quando falavam – fluía uma corrente turbulenta e tensa, como se estivesse prestes a transbordar. A barragem que a segurava não era a cortesia, mas a soberba. Cada um se convencia com os próprios argumentos, e isso era suficiente.

No início, Laura não conseguiu avaliar o bom e o ruim daquela família, porque todos pareciam tão inteligentes! Ao lado deles, sentia-se desajeitada e rude, até fisicamente. Mais que alta, ela era grandalhona e corpulenta. Começou a ter vergonha daqueles peitos grandes, tentou comprimi-los com sutiãs redutores; entrou permanentemente em dieta.

Precisava se refinar, e fazia isso imitando o comportamento deles e sua maneira de falar.

Mas era muito difícil: por mais que tentasse, sempre se traía. Diante deles, Laura nunca deixaria de ser uma recémchegada, uma impostora.

Compraram poucos móveis, mas de madeiras nobres, nada de compensado.

Sem precisar receber nenhuma orientação, ela sabia que não era apropriado adornar a casa com estatuetas de porcelana ou leques decorados, muito menos com imagens de santos ou virgens.

Um retrato de Gandhi presidia a sala; a enciclopédia *Salvat*, um atlas e um dicionário filosófico, a estante da qual Laura tirava o pó todas as manhãs. No escritório, onde Damián se retirava à tarde para ler, estavam pendurados seus diplomas, os livros de direito, que eram como manuais chineses para Laura, a Declaração Universal dos Direitos Humanos emoldurada e outra foto de Gandhi, esta de corpo inteiro, tão frágil com seu sári, a bengala, as pernas escuras, magras e nodosas.

Não era o bem-estar econômico que ela imaginava e de que agora desdenhava, era outro tipo de riqueza. Pobres daqueles que não entendiam, diziam a si mesmos.

E, como o Projeto estava em andamento, Laura logo engravidou, e o primogênito nasceu.

A Resistência, também conhecida como a Guerra, foi aumentando. Nos primeiros dias era só isto: a recusa em amamentálo, o dia inteiro na cama e um silêncio teimoso, obstinado, embora ainda camuflado sob a doçura do cansaço. Ah, as mulheres deprimidas têm uma aura romântica; Damián estava disposto a aceitar isso, embora não tanto que o tivesse mandado dormir no sofá todas as noites, sem esconder a repugnância que lhe produzia a mera ideia de que ele a tocasse. Quando aquilo seria resolvido? Deveria fazer valer seus direitos de homem, de marido. Ela o ultrajava se comportando assim, como se ele fosse um estuprador ou um estranho. De onde nascia essa rebeldia? Sentiu que estava perdendo o controle e fez coisas que, apenas alguns meses antes, seriam impensáveis para ele.

Discutiam, gritavam, teriam se destroçado mutuamente se não estivessem tão cansados de se odiar. Ele a acusava de ser ingrata, o dia todo trabalhando para ela, para o Projeto, e essa era sua única forma de agradecer, cuspindo raiva todas as tardes, quando ele voltava para casa. Ela não respondia às suas acusações, dedicava-se a miná-lo, a exasperá-lo com tudo que sabia que o deixava louco, dizendo palavrões e frases feitas e rezando o terço, mais que com fé, com ressentimento. Tirou a foto de Gandhi da parede e pendurou em troca uma reprodução da *Virgem com o Menino*, de Murillo. Ele rasgou o quadro, pôs o Gandhi de volta, olhou para ela, desafiador. Ela o tirou novamente debaixo do nariz dele, jogou-o no chão, os cacos de vidro cortaram as mãozinhas do pequeno Damián quando ele engatinhava, ele deu um tapa nela, as pernas dos dois tremiam, eles se abraçaram assustados e se separaram imediatamente, entre lágrimas.

Ele consultou um psiquiatra. Psicose neurótica, disse o profissional, tudo apontava para isso, mas o diagnóstico foi feito à distância, com base num único relato, o dele. O psiquiatra, um velho amigo do colégio, conseguiu para ele a medicação necessária para acalmar a fera. Damián lhe dava às escondidas, esmagando os comprimidos até que se tornassem pó, que ele então misturava no suco ou no purê de batata. Agora Laura passava o dia sonolenta, muito mais apaziguada, mas, quando abria completamente os olhos e olhava para ele com a consciência iluminada, ainda podia sentir, dentro dela, o rumor de ressentimento que a atravessava de parte a parte.

Não havia sexo entre eles. Ele a procurava, ela o afastava com violência, empurrando e chutando. Passaram-se os meses, e ele se deu por vencido, embora às vezes, quando se lembrava, sua raiva subisse pela garganta, então ia até ela, a sacudia e a acusava de menosprezá-lo e de buscar sua desonra.

O pequeno Damián ia crescendo e aprendia a ficar quieto para não sublevar ainda mais os ânimos. Tornou-se uma criança covarde, pusilânime e gulosa, capaz de qualquer coisa para chamar um pouco de atenção.

Certa vez, quando tinha apenas três anos, matou um pássaro que caiu no terraço só para ser confortado pela perda.

Certa noite, Laura lhe contou sobre o ruivo. Uma noite de inverno. Geava, tinham acendido a lareira, Damián já dormia em sua caminha com as bochechas quentes, avermelhadas pelo calor doméstico. Um silêncio excessivo se estendia entre eles, pesado como a respiração de um animal enorme, um touro, um boi, um elefante. Ela sentiu vontade de quebrar aquele silêncio, de rasgá-lo em pedaços. Por que fez isso? Como uma confissão? Para machucá-lo? Para provocá-lo?

Talvez porque não tivesse mais ninguém para contar. Talvez porque, se não o fizesse, chegaria o dia em que pensaria que tinha sido um sonho.

Contou-lhe tudo, sem poupar os detalhes. A casa vazia e suas dúvidas sobre a perda da virgindade. A forma como aquele menino beijou seus mamilos. E mais. Disse-lhe que aquela foi a única vez em sua vida que ela havia sentido *algo*. As paredes girando e o espanto, aquele tremor interno. Algo mal esboçado e, no entanto, tão intenso que ainda, tantos anos depois, não o esquecera. Ele, Damián, jamais poderia lhe dar nada parecido. Nem mesmo um vislumbre.

Ele se jogou sobre ela. Esmagou-a contra o sofá. Seus olhos tinham um clarão lupino e predatório; ela, consequentemente, se converteu numa ovelha prestes a ser devorada. Uma carnificina, uma matança. Um estupro? Não, de maneira alguma Laura teria qualificado assim.

Dessa união nasceu Rosa, a segunda. Com isso, a Guerra terminou e começou outra era muito mais harmoniosa, quase sem discussões.

Deram-lhe esse nome porque para eles foi como um presente. Um presente romântico de reconciliação. Laura sempre gostou de rosas.

Todos os patos e peixes juntos

De aniversário, deram-lhe um terno. Não era exatamente um presente – naquela família, por prescrição moral, não se davam presentes –, mas um símbolo da passagem para a vida adulta. Quinze anos já, disse Pai, e Mãe lhe pediu que experimentasse o terno o mais rápido possível, caso ela tivesse de trocá-lo ou fazer algum conserto. Damián estava meio orgulhoso, meio envergonhado. Que não houvesse bolo com velas, cartão de felicitações ou presentes embrulhados em papel brilhante não podia ser motivo de tristeza, já que não esperava por isso. Ganhar um terno era ótimo, mas não sabia quanta alegria lhe era permitido demonstrar. Talvez um simples agradecimento fosse a coisa certa a fazer, uma satisfação grave e serena, condizente com sua idade? No espelho do banheiro, onde tinha ido se trocar, inspecionou atentamente o bigode. Vez ou outra pensava em raspá-lo; na aula já tinham rido dele, os mais benevolentes chamavam-no *mister bigodudo*, os mais cruéis, *pentelhudo*. Ele não ousava fazer a barba porque Pai não lhe disse que podia. Estava à espera de um sinal. Talvez ganhar o terno fosse esse sinal, um alerta, você já é um homem. Apalpou as espinhas – que desastre! –, chegou tão perto do espelho que se viu deformado, bebeu água da torneira. Vamos logo, ouviu-os dizer do outro lado. Que nessa casa se respeitasse o pudor não significava que os longos confinamentos no banheiro fossem aprovados.

Enquanto se despia, olhou de soslaio para a cueca branca, com a barriga saindo por cima do elástico. Como a de um velho, pensou. Apressado, vestiu uma camisa azul-clara com finas listras vermelhas e se enfiou no novo terno, feito de um algodão azul-marinho, um tecido que enrugava facilmente. Será que abotoava o paletó? Damián não sabia se tinha de fechá-lo ou deixá-lo aberto. Na verdade, mal conseguia fechá-lo, a menos que prendesse a respiração, mas mesmo assim. Saiu com as bochechas queimando e a jaqueta aberta, acalorado.

— Está acima do peso — disse Pai a Mãe, como se ele não estivesse à sua frente.

— Eu errei no tamanho — disse Mãe.

— Bem, é um jeito de enxergar as coisas. Eu te digo que ele voltou a engordar.

— Pode ser. Tem um problema de constituição.

— Bobagem. Que papo é esse de constituição?

O pequeno Aqui, que estava passando por ali, interrompeu a conversa.

— A Constituição é a Carta Magna!

— Não estamos falando dessa Constituição, Aqui, não se meta.

Mãe se agachou ao lado de Damián para avaliar as costuras do terno. Realmente, estava pequeno para ele. Não era só que ele não podia abotoar o paletó. As calças estavam tão apertadas que dava para ver sua bunda horrível. Arrebitada e horrível. Bom, ela mesma tinha a bunda assim, por que negar, bunda de preta, mas sem a graça das mulheres negras. Damián deixava-se analisar, mudo. Olhava ao redor com olhos suplicantes, prestes a explodir em lágrimas. Mas tentava disfarçar. Algo que Pai não suportava eram os choramingões.

Mãe se levantou.

— Não tem jeito, tem que comprar um número maior.

– Um ou dois? – perguntou Pai.

– Só um.

– Eu diria que dois.

– Deixe ele vir comigo e experimentar, acho que é o mais fácil.

– Eu entendo. O difícil será botá-lo para fazer uma dieta.

– Não, não é difícil. A gente bota e pronto. O difícil é que ele perca peso. Essa criança engorda por qualquer coisa que come.

– Que absurdo. Se ele seguir a dieta à risca, perderá quilos. Menos calorias, menos peso, isso é matemático. A comida não engorda *mais* ou *menos* dependendo de quem a come. É só uma questão de disciplina, não é? – Voltando o olhar para Damián, mudou de tom. – Caráter e disciplina, moço, não se deixe abater – disse, dando-lhe um tapinha.

– Não estou abatido – gaguejou ele.

– Eu sou tão magro! – disse Aqui. – Os magros não precisam fazer dieta, não é mesmo?

Ninguém lhe respondeu.

Pai acusava Mãe de ser muito branda com Damián. Quanto mais branda, segundo ele, mais brandura, olha quanta carne para a idade que ele tem. Mãe o defendia, embora sem ultrapassar certas fronteiras. Era curioso: tinha abandonado o filho quando era bebê devido a uma depressão nunca diagnosticada, passou os primeiros anos da vida dele sem olhá-lo e, agora que estava em plena adolescência, voltava-se mais para ele que para os outros, abraçando-o ou dando-lhe guloseimas às escondidas. Afinal, não era ele quem mais precisava dela? Com seis anos a menos que Damián, Aqui, o mais novo, parecia seis anos mais velho: voluntarioso, independente, irresponsável, mas disposto a enfrentar as consequências de sua irresponsabilidade sozinho e, ainda por cima, dotado do arbitrário toque do charme. Quanto às meninas, elas cresciam sozinhas, por assim dizer, mais ainda desde que Martina chegara, com seus segredos de meninas em que era melhor não se meter. Ela sentia que havia algo físico em Damián que deixava Pai nervoso, algo que ia além da gordura. Era a pele tão branca – como se fosse crua –, a redondeza dos olhos azuis, as sardas! – que ninguém mais tinha –, o andar de porquinho e a falta de jeito das mãos, que não apertavam com força.

– Faça as coisas com força – dizia ele.

Damián o olhava sem compreender, com os lábios grossos entreabertos.

– Com garra, com vontade!

Dava no mesmo. Não estava no caráter dele, era inútil.

Outra questão importante era a da estatura: Damián já quase o ultrapassava; dentro de um ou dois anos seria uma cabeça mais alto que ele. Embora... para que ser tão alto com aquela aparência infame? *Guloso, redondo, gorducho, troll*: esses apelidos também eram entoados em sala de aula, às suas costas.

Pai nunca o teria insultado, não era seu estilo. Quando se referia ao excesso de peso, evitava usar o termo *gordo*. Se estava preocupado com aqueles quilos a mais, dizia, era apenas do ponto de vista científico e por estritas razões de saúde; apelava para percentis e índices de massa corporal, cifras que deviam ser respeitadas como se fossem leis. Sua rigidez, no entanto, também incluía certas fraquezas. Às vezes, era ele que, inesperadamente, trazia para casa bombas de creme e chocolate que comprava na confeitaria do bairro. Ele gostava de fazer esse tipo de surpresa, de aparecer como um rei mago distribuindo seus presentes, embora no dia seguinte tivesse de agir com firmeza de novo. Pai não queria humilhá-lo.

Só queria que mudasse, que não fosse assim, tão… negligente. Por ele, é claro, para seu próprio bem. Estava convencido de que a integridade moral, a integridade do ser, se relacionava à firmeza do corpo. Olhe para Gandhi, ele dizia a Mãe. Fibra pura, concisão e delicadeza, linhas retas. Deve-se rejeitar tudo o que sobra, *que excede.*

Talvez por essa ideia – e isso estava relacionado à compra do terno – ele tivesse decidido que Damián o acompanharia na coleta. Era seu primogênito e, portanto, detinha esse privilégio, que deveria ser exercido como convém. Certamente seria bom para endurecer seu caráter. Certamente ele se sentiria honrado, satisfeito e realizado por ter sido escolhido para desempenhar aquela tarefa. E foi isso mesmo que ocorreu. Quando Pai anunciou que o colocaria na *organização* como um igual, para trabalhar com ele, lado a lado, o coração de Damián pulou de alegria. Isso significava que não estava com raiva dele por ser gordo.

A *organização* era um ente indefinido que, nos últimos tempos, monopolizava boa parte das conversas nas refeições. Pai falava que a *organização* tinha concordado com isso ou aquilo, que seus membros se reuniram para discutir esse ou aquele assunto ou definir protocolos de ação diante de alguma situação imprevista. Falava dando por subentendido um monte de detalhes, de modo que ninguém se atrevia a perguntar o que eles deveriam saber, e no fim tudo ficava numa nebulosa. Damián formou uma ideia bastante vaga do objetivo da *organização.* Sabia que era relacionado a crianças com síndrome de Down e a escolas especiais para cuidar dessas crianças. Também se lutava por uma *mudança de pensamento* – nas palavras de Pai –, embora nunca tivesse entendido qual pensamento deveria ser substituído, qual pensamento estava errado e qual estava certo. Em sua escola havia duas crianças que todos chamavam de *mongoizinhos* até que, de um dia para o outro, lhes disseram que deveriam parar de chamá-los assim. Alguns professores, alguns pais e muitas mães achavam que aquelas crianças estariam melhor em outro lugar. Isso, supunha Damián, devia ser o que a *organização* defendia, com seu plano escolar, a *mudança de pensamento* e os *protocolos*. Um dia, Martina, sua irmã adotiva, que nem sempre sabia quando se calar, fez uma pergunta inoportuna, mas perturbadora.

— Papai, por que você está nessa organização? Você não tem nenhum filho debiloide.

Pai olhou-a atônito, com o garfo a meio caminho da boca. Depois de alguns segundos em silêncio, deixou-o no prato, limpou a boca cuidadosamente com o guardanapo e explicou que, para se envolver numa causa, não era necessário ser pessoalmente afetado por ela; além do mais, disse ele, a luta mais pura, a mais genuína e admirável é aquela que é empreendida sem esperar nenhum benefício próprio, aquela que é abraçada em favor de outros, para obter um fruto que os demais aproveitem, e não só ele mesmo. Nisso, as feministas, por exemplo, estavam erradas; talvez a luta pelos direitos das mulheres — com a qual ele, é claro, concordava — devesse ser defendida pelos homens. Os brancos deveriam defender os negros; os palhaços, os ciganos; os ricos, os pobres; os saudáveis, os doentes; e os fortes, os fracos.

— E mais uma coisa, Martinita — disse, sorrindo, como se estivesse prestes a revelar uma surpresa. — Não *estou* na *organização*. Fiz parte do seu comitê criativo, sou um dos fundadores. Não é algo que eu goste de alardear, mas é assim. Além disso, ousaria dizer, com total humildade, que sem mim a *organização* não existiria.

– Então, parabéns, papai! – disse Aqui, batendo palmas.
Era impossível interpretar se Aqui o bajulava ou se, escondendo-se atrás de uma aparente inocência, ria dele. Pai não interpretou de nenhuma dessas duas maneiras. Aceitou o elogio sem minimizá-lo, agradeceu sem rejeitá-lo. Afinal, ele sempre ensinara os filhos a agradecer.

Embora não soubesse o que se esperava dele especificamente, Damián estava ansioso para colaborar com a *organização*. Convencido de que seus princípios – fossem eles quais fossem – eram louváveis e bons, sentia que, defendendo-os, lutando por eles, *segurando-os com força*, a oportunidade de se redimir finalmente surgiria. Quando seu novo terno do tamanho certo ficou pronto, Pai chamou-o ao seu escritório com grande solenidade, pediu que se sentasse e explicou qual era sua missão.
– Você vai se encarregar da coleta. É um trabalho lento e difícil, mas muito honroso. Você vai de casa em casa explicando por que precisa que doem dinheiro para a causa. Você tem que ser educado, mas muito insistente: a menor moeda vale a pena; para nós, o pequeno é grande. Não se deixe vencer pelas desculpas que te derem. Você tem que mexer com o coração dessas pessoas. E isso só pode ser alcançado com retórica. Demóstenes! Tucídides! Aristóteles! Cícero! Esses serão seus professores! Com retórica e presença, claro. É preciso ficar ereto, com os pés alinhados, os braços estendidos em direção ao chão, sem cruzá-los. Não gesticule demais e, claro, não faça nada infantil ou afetado, nada de coçar a cabeça ou morder os lábios. Se te disserem para se sentar, aceite, mas nunca relaxe o corpo ou pense em se encurvar ou esticar as pernas. Por exemplo, agora você está com as costas mal apoiadas no encosto. A gente percebe que você está muito… confortável. Não é assim. Sente-se de modo mais simétrico.

Damián alinhou as costas, reacomodou-se.

– Assim?

– Bem, vamos dizer que sim. É preciso transmitir segurança. Você tem quinze anos, já é um adulto, um homem. Fale com serenidade, convicção e ordem. Em alto e bom som. Você não precisa implorar ou se tornar um pedinte miserável, mas demonstrar sensibilidade e persuasão. Elegância.

Damián estava suando. Engoliu em seco, um bolo se formou em seu estômago. Todas essas instruções poderiam realmente ser cumpridas? Se prestasse atenção na postura, seria incapaz de pronunciar uma única palavra. Quando por fim falasse, certamente lhe escapariam gestos inapropriados. E, além disso, o que havia para dizer em concreto? Jamais faria certo.

– Não se preocupe – disse Pai, percebendo sua aflição. – Vou acompanhá-lo nos primeiros dias. Ou melhor, você vai me acompanhar, você vai ver como eu me porto, vai aprender comigo. O que você acha?

– Está bem.

– Ótimo, então. Agora me deixe terminar o trabalho que tenho em mãos. E feche a porta ao sair, por favor.

Antes que Damián fosse embora, acrescentou, erguendo o olhar por cima dos óculos de leitura:

– Sua mãe e eu estamos muito orgulhosos de você, Damián. Você sabe que sou contra presentes e recompensas, mas, de qualquer forma, considere isso como um presente.

E assim considerou Damián, que foi embora constrangido, mas feliz, profundamente aliviado por saber que, por enquanto, não iria sozinho.

Até então, Damián acreditava de pés juntos em Pai. Como duvidar de seu poder? Em pouquíssimas ocasiões o vira lidar com outras pessoas; tudo o que sabia sobre ele, sobre sua atividade fora de casa, era através de suas histórias – as histórias diárias que contava durante as refeições, sempre cheias de convicção e firmeza. Agora, pela primeira vez, ele seria testemunha direta de uma parte central de sua vida, nada mais nada menos que seu papel como coletor de uma das organizações mais justas e importantes do país. Via-se forçado, então, a controlar sua timidez. Mesmo assim, o desconforto de andar na rua de terno – e de ser visto por algum de seus colegas de classe –, a perspectiva de ter de assumir o comando da coleta mais cedo ou mais tarde e o medo de decepcionar Pai eram realidades que ele não conseguia tirar da cabeça. Na manhã de sábado, antes de sair, teve um episódio lamentável de diarreia. Bem, pensou ele, dando descarga pela quarta vez, pelo menos emagreço. Pai ficou impaciente olhando para o relógio de bolso, uma herança familiar com a qual ele estava muito satisfeito.

– Rápido, Damián, um grande trabalho nos espera – disse.

Passou o braço sobre seu ombro ao sair do saguão. Cruzaram assim, como pai e filho bem entrosados, com a vizinha do quarto andar, o quitandeiro e o avô de Maika – a garota de quem ele secretamente gostava. Damián estava feliz, inquieto, confuso e um pouco acovardado. Se continuasse assim, começaria a suar logo. Tinha especialmente medo do suor na testa, que era prejudicial para as espinhas e lhe dava uma aparência nojenta. Mãe lhe dera um lenço de algodão para se limpar.

– Toques suaves, sem esfregar – dissera.

Uma vez na rua, Damián quis mostrar iniciativa, para não parecer que estava a reboque, sem vontade, e perguntou para onde iam.

– Vamos para o norte – disse Pai.

Ele não sabia onde ficava o norte ou o sul, mas assentiu e deixou-se levar.

O bairro estava cheio de blocos de apartamentos muito parecidos com o dele, entre quatro e seis andares, com tijolos aparentes no térreo e o restante pintado de marrom ou verde-escuro. Os terraços com redes eram tão pequenos que pareciam comedouros de pássaros. Organizados em hexágonos, os prédios formavam pequenas praças entre si, com laranjeiras e jacarandás que deixavam o chão acarpetado de flores. As crianças, vigiadas das janelas pelas mães, brincavam em balanços de ferro onde esfolavam os joelhos ou abriam a cabeça toda hora. Os mais velhos pulavam a grade do colégio à tarde para brincar nos campos de futebol. Não havia muito mais o que fazer e nem isso lhes era permitido, para sua segurança. Damián ainda não sabia, mas aquele era um bairro humilde, quase pobre.

Depois dos edifícios, à beira da rodovia, estendia-se uma longa fileira de casas térreas, caiadas, velhas, com janelas baixas, quase ao nível do solo, portões de ferro e gerânios nas bancadas; casas como as de aldeias, certamente mais antigas que os apartamentos e a própria rodovia. Havia cadeiras de plástico encostadas nas fachadas, onde as vizinhas costumavam sentar-se à tarde. Naquela manhã de sábado, já dava para ver duas ou três delas: gordas, com as mãos avermelhadas de tanta limpeza cruzadas no colo, conversando em voz alta e dando gargalhadas. Essa zona, pensou Damián quando chegou, deve ser o norte. Pai apontou para a primeira casinha.

– Vamos visitar todas elas – disse ele, abarcando a fila com um gesto.

Sorridente, cerimonioso, bateu à primeira porta. Ele também estava usando um terno, embora isso fosse habitual, mesmo dentro de casa. No entanto, naquele ambiente, os dois, com os paletós abotoados e os sapatos lustrosos, chamavam muita atenção. Damián notou que olhavam para eles com desconfiança, estava grato pelo menos por ter sido dispensado de usar gravata. Na primeira casa ninguém abriu, embora se ouvissem vozes do outro lado da porta, sem qualquer interesse em disfarçar que estavam lá dentro. Como Pai não comentou, Damián também ficou em silêncio. Na segunda casa também não abriram; na terceira, tomaram-nos por testemunhas de Jeová e voltaram a fechar a porta antes que Pai tivesse tempo de se explicar.

— Não desanime — disse ele, embora contraísse o maxilar.

Da quarta casa veio um homem de roupa íntima, com o cabelo bagunçado e um dente de ouro. Encostado no batente, continuou a beber da lata de cerveja enquanto Pai lhe falava da *organização* com palavras grandiloquentes. Se ele doasse algum dinheiro, disse-lhe, mesmo que fosse apenas uma pequena quantia, eles colocariam seu nome no alvará da escola que iriam construir quando o suficiente fosse arrecadado. Além disso, participaria do sorteio de um toca-fitas. Tudo por causa dessas crianças, disse ele, que são desfavorecidas, que dependem inteiramente de nós. O homem desapareceu por um instante dentro da casa e voltou com algumas moedas. Pai agradeceu e lhe deu uma cédula para o sorteio.

— Viu? Agora se registra aqui a arrecadação. — Mostrou uma folha quadriculada na qual anotava os valores. — Também o endereço exato, para não voltar ao mesmo lugar por um tempo. Não se deve abusar.

Na casa ao lado, a mulher que abriu — uma avó com seu netinho segurando a perna dela — bateu a porta na cara deles assim que ouviu as primeiras palavras de Pai.

— Ah, homem, como se eu não tivesse mais o que fazer!

Em outra, mandaram-nos entrar. Um casal de idosos convidou-os para tomar café com rosquinhas. Tanto o homem quanto a mulher ouviram com atenção e paciência a peroração de Pai, mas depois os dispensaram sem lhes dar nada, nem mesmo explicações. Houve algumas outras pessoas que doaram dinheiro – sempre pequenas quantias –, embora a maioria simplesmente os visse com desconfiança. Inabalável, Pai continuou sua tarefa com um sorriso inalterável até terminar a fileira de casas, sem se mostrar afetado pelo fracasso. Era por causa de seu otimismo a toda prova ou porque ele não percebia a maldade e o deboche? Damián começou a suspeitar da segunda alternativa. Pela primeira vez na vida, aos quinze anos recém-completados, ele notou que Pai era um ser estranho, deslocado, como se uma profunda fenda se abrisse entre ele e o mundo, ou, para ser mais exato, entre o que ele pensava e o que realmente acontecia. Não foi uma revelação definitiva nem completa, apenas um pequeno aviso, uma semente.

No sábado seguinte, quando saíram juntos de novo, essa sensação se aprofundou. Dessa vez, começariam no sul, determinou Pai, onde ficavam os blocos de apartamentos mais recentes. Essa área era um pouco mais próspera, mas eles não se saíram muito melhor. Alguns deram dinheiro, outros não deram nada, alguns escutaram com paciência maldisfarçada e outros, mal-educados, os abandonaram. Pai anotava tudo disciplinadamente em sua tabela. No entanto, quando estavam quase terminando, uma mulher muito pálida, com grandes olheiras e olhar aquoso, disse-lhes que fossem para a sala e os atendeu com grande gentileza. Lá, sentada num sofá com o estofado gasto, com as longas pernas cruzadas, ela contou que a sobrinha tivera *essa enfermidade* e havia morrido de um ataque cardíaco quando tinha menos de dez anos. Claro que daria dinheiro para a causa, disse comovida, e tirou algumas notas de uma gaveta. Pai se curvou de modo estudado, apertou-lhe a mão, disse-lhe que sentia na alma o ocorrido com a sobrinha. A *organização* cuidaria para que crianças como ela tivessem uma vida melhor, garantiu. Ambos sustentaram o olhar um pouco mais que o necessário, e Damián sentiu-se incomodado, mas também reconfortado pelo dinheiro. Quando saíram do apartamento, Pai fez um comentário maldoso sobre o mau gosto daquela mulher, referindo-se às estatuetas de toureiros e dançarinas flamencas dispostas em cima da televisão. Em outras ocasiões já aludira a detalhes semelhantes, mas desta vez Damián sentiu como se fosse uma traição imperdoável. No entanto, riu com ele. Era verdade que os enfeites eram pavorosos.

Não devemos voltar aos lugares onde já deram dinheiro, dissera Pai, e mesmo assim lá estava Damián desobedecendo à regra, trêmulo, apertando a campainha do apartamento da mulher de olheiras, balançando seu peso entre uma perna e outra, impaciente, constrangido e, infelizmente, asquerosamente suado. Como ele havia chegado àquela decisão?

Na primeira manhã em que saiu sozinho – no terceiro sábado – com a duvidosa honra de assumir o comando exclusivo da coleta, houve um lamentável acúmulo de fracassos. Tinham rido dele e, ao contrário de Pai, ele, sim, se ressentia daqueles golpes, não podia desviar o olhar e fingir que não percebia. Ciente de que Pai funcionara, à sua maneira, como escudo protetor, ele estava agora nu diante das inclemências, e por nu podia se entender com aquele ridículo terno barato que lhe dava calor e ficava todo amassado apenas por subir uma escada. Abatido, encurvado, com um sorriso rígido e inconsistente, as palavras não lhe saíam quando ele abria a boca, mas alguns instantes depois, fazendo-o parecer meio tolo.

– Você mesmo é bastante mongol, né? – um garoto de sua idade lhe dissera antes de bater a porta na sua cara.

Damián anotara aquela casa com a cruz de "não voltar". Ele mesmo daria parte de seu dinheiro para riscá-la da lista, pensou. De fato, quando as recusas, as risadas, as respostas grosseiras e os olhares de reprovação se sucederam, ele começou a calcular quanto de suas economias poderia dar a Pai para disfarçar e fazer com que aquele desastre parecesse um dia mais bem-sucedido. Algumas mulheres lhe deram algo, mas mesmo assim não foi suficiente. Ao meio-dia, ele estava dividido entre continuar tentando ou fazer hora antes de voltar. Optou pela última opção e, assim, reuniu forças para planejar uma estratégia para não suspeitarem que ele primeiro entrou em seu quarto, esvaziou o cofrinho, escondeu o número correspondente de cédulas entre as páginas do dicionário *Sopena* e depois foi prestar contas a Pai em seu escritório.

– Muito bem, filho, você superou minhas expectativas – disse ele, contando o dinheiro.

Mãe também ficou encantada; ambos o parabenizaram na frente dos irmãos e o apontaram como modelo, algo que nunca havia acontecido antes. O alívio deu lugar a uma espécie de euforia: houve um momento em que até ele próprio acreditou que era um vencedor.

Mas no sábado seguinte a história foi se complicando. Na terceira negativa – lá vem você de novo com o golpe do Down!, alfinetou uma mulher que viera abrir a porta com muita dificuldade, em sua cadeira de rodas –, ele sabia que não poderia continuar. Dessa vez, havia levado consigo o restante de suas economias, muito pouco, já antecipando que precisaria delas de novo. Sentado no banco de uma pracinha, derrotado, sabendo que não poderia permitir-se aquele gasto, devorara uma fatia de bolo de chocolate que comprara num quiosque. E agora? Revendo a folha quadriculada, com suas cruzes e quantidades fictícias, ele lembrou a generosidade inesperada da mulher cujo mau gosto Pai havia criticado. Poderia permitir-se...? Seria muito ruim...? Na pior das hipóteses, pensou, essa mulher não iria insultá-lo ou zombar dele. E, mesmo que isso acontecesse, valia a pena tentar. A outra perspectiva, voltar com as mãos – quase – vazias, enfrentar a reprovação paterna, era impensável.

A mulher o recebeu sem demonstrar surpresa ou aborrecimento. No início, ela não o reconheceu, mas imediatamente, quando disse que representava a *organização*, ela assentiu com doçura, afastou-se para deixá-lo passar, fez um movimento para que se sentasse e ela mesma se sentou de novo em seu sofá velho. Damián não sabia como começar a falar; a mulher, sorridente, ajudou-o.

– Precisa vender mais papeletas?

– Não, não é isso... Ou, bem, sim, se a senhora pudesse... Eu não vim... Eu não queria... Mas sim – admitiu por fim.

A mulher o observava raspando distraidamente o apoio de braço da poltrona. Aqui e ali aparecia a espuma do recheio; ela a empurrava e tirava com os dedos, como se fosse um tique. Suas profundas olheiras a faziam parecer mais velha do que era, mais feia do que era. Um pensamento atravessou a cabeça de Damián: ela é linda, disse a si mesmo. Talvez se lembrasse da maneira como Pai a tinha olhado quando se despediu ou talvez sua impressão tenha sido dada por esta estranha situação: a mulher e ele, frente a frente, sentados como se não houvesse pressa alguma. Ela lhe contou que o marido estava desempregado, que sua situação econômica não era nada animadora, mas não soava como uma desculpa, e sim como uma explicação. Em seguida, ela contou que, como o marido gastava muito em bares – *esbanjava*, segundo ela –, ela não via por que não podia gastar com o que quisesse.

– Vou comprar mais papeletas de você, claro. – Mas não se levantou.

Envergonhado, Damián desviou o olhar e se deparou com aquelas estatuetas das quais Pai zombara: um toureiro na ponta dos pés prestes a dar a estocada final e duas mulheres dançando em trajes ciganos. Eram de plástico, e as roupas, de tecido real, desbotadas pelo tempo e pela poeira. A luz que entrava pela janela incidia em cheio sobre a televisão e as estatuetas; dava um aspecto triste a tudo aquilo. Havia também pequenas molduras prateadas com retratos de família num aparador de madeira escura.

– Você pode vê-los, se quiser – disse a mulher. – Tem um da minha sobrinha.

Damián obedeceu, achou que não olhar para as fotos seria falta de educação. Fez uma pausa em cada retrato por alguns segundos, o que considerou apropriado, até encontrar o da menina com síndrome de Down, os olhos puxados e o sorriso largo e deslumbrante. Ela se parecia muito com aquela mulher, mas de uma forma invisível, pouco evidente. Damián não sabia que duas pessoas tão diferentes poderiam ser tão parecidas. Intrigado, pegou o retrato para ver mais de perto. Então não conseguiu pensar no que dizer; pôs de volta onde estava. Tinha a impressão de que o tempo passava muito devagar ou até andava para trás. A mulher continuava sentada no sofá, observando-o.

– Você está muito elegante nesse terno – disse ela.

Damián olhou para ela assustado, só depois entendeu que deveria agradecer. Fez isso em voz muito baixa, um pouco rouca. Ele queria ir embora o mais rápido possível e não sabia por quê. Sentiu mais falta de Pai do que nunca. Ele teria sabido como se comportar naquela situação, enquanto Damián era um desajeitado, incapaz. Pigarreou.

– Então, as papeletas...?

– Sim, sim, claro. – A mulher se levantou, desapareceu por uma porta lateral, voltou depois de alguns segundos, que para Damián foram eternos.

Deu-lhe mais dinheiro que da outra vez, olhando-o com olhos semicerrados. O coração de Damián disparou quando viu as notas. Estendeu a mão com ganância, quase sem se dar conta. Então, de forma confusa, embaralhada, entendeu a indecência da cena. Pegou o dinheiro, entregou-lhe um punhado de papeletas em troca e saiu apressado, tropeçando num cabideiro no corredor. Ao descer as escadas, sentiu uma vontade incompreensível de chorar. O que tinha acontecido? Com aquele dinheiro no bolso, sentiu-se como se tivesse roubado.

Voltou para casa fazendo um longo desvio. O cós da calça o apertava – teria voltado a engordar? –, os sapatos machucavam os pés, estava muito desconfortável, mas ainda assim começou a andar sem rumo. Com uma das notas da mulher, comprou outro bolo de chocolate, que guardou num saco para comer em algum lugar tranquilo. Chegou ao grande parque e dirigiu-se para a lagoa. Alguns patos e montes de peixes famintos lutavam para pegar o pão jogado na água por um velho. Damián se deteve para assistir à cena enquanto devorava o bolo às pressas. Seu bolso pesava com todas as moedas do troco; impossível esquecer seu pecado dessa maneira. Em seguida, o velho virou a cabeça e o cumprimentou. Era outra vez o avô de Maika, seu amor secreto. Conhecia Damián desde que era muito pequeno, quando os dois, Maika e ele, iam juntos para a escola primária. Era aquele homem que se encarregava de buscar a neta na saída; alguns dias Damián se juntava a eles até que seus caminhos se separassem.

– Rapaz, que alegria te ver. Na outra manhã, quando você estava indo com seu pai, eu até duvidei que fosse você. Você está muito grande!

Damián engoliu o último pedaço de bolo; sacudiu as mãos manchadas de chocolate; ele não tinha onde se limpar e certamente não podia chupar os dedos como se estivesse sozinho. Devolveu o cumprimento e sorriu. Pensou: quando o avô de Maika dizia *grande*, na realidade queria dizer *gordo*? Ele o vira devorar seu doce com mais voracidade que todos os patos e peixes juntos, e agora não podia voltar atrás, apagar aquela cena dolorosa como se nada tivesse acontecido. Ele contaria a Maika o que havia descoberto? Diria: vi seu colega Damián, não é à toa que ele ficou gordo, come feito um porco? Também contaria a ela sobre seu terno ridículo? Sobre sua estranha atitude no parque?

Sentia que estava recebendo uma punição por tudo o que havia feito. Não só por causa da mulher com olheiras, mas por causa de algumas outras coisas, assuntos do passado, covardia e mentiras. Achou que talvez merecesse.

Com o dinheiro da mulher, conseguiu disfarçar mais dois sábados. No terceiro, com o caderno quadriculado cheio de números e cruzes correspondentes a endereços aos quais nem tinha ido, Damián disse a Pai que tinha terminado de percorrer todo o bairro. Pai fez seus cálculos. Considerando todas as casas que visitara, era um espólio bastante modesto.

– Tem certeza de que esteve em todos os lugares? Não perdeu uma rua, uma praça…?

– Não, papai.

Pai balançou a cabeça em sinal de decepção.

– As pessoas não são solidárias – disse. – Não se envolvem.

– Não muito, papai.

– Acho que pelo menos você aprendeu com a experiência.

– Sim.

– Ano que vem vamos organizar mais uma coleta. Contaremos novamente com você.

– Está bem.

– O que você mais gostou de tudo isso?

O que ele deveria dizer? Damián parou para pensar por um momento.

– Conversar com as pessoas.

– Bem, bem. Eu pensei que você teria gostado mais de se sentir útil. Contribuir com a causa.

– Sim, isso também.

Damián e Pai se entreolharam fugazmente. Em algum lugar em todo aquele emaranhado de palavras e sentimentos, pelo menos por um instante, eles se encontraram. Viram o que havia no íntimo um do outro com total clareza. Foi apenas um lampejo de consciência, menos de um segundo, impossível de apreender e menos ainda de entender. Mas aconteceu. Damián tinha apenas quinze anos, então imediatamente se esqueceu disso e continuou com suas coisas, com a agradável sensação de leveza depois de ter tirado tanto peso dos ombros.

Pouca Pena

Ao dobrar a esquina, já percebe algo estranho. Um grupo de pessoas está olhando para o chão. A ambulância, de um branco ofuscante, ocupa metade da calçada com suas luzes brilhantes piscando. Dois homens usando coletes refletivos conversam com a tranquilidade de sempre. No meio deles há uma maca ainda dobrada, à espera de uma decisão. Rosa apressa o passo porque estão justamente em frente à porta de sua casa. Abre caminho entre as pessoas com esforço. O sol cai a pino em sua cabeça, denso como melaço. Alguém diz que é uma vergonha. Além disso, àquela hora, na saída das crianças da escola. Uma mãe estira o pescoço enquanto proíbe o filho de assistir ao espetáculo totalmente inapropriado. No chão, Rosa distingue a camisa vermelha e as calças azuis de veludo cotelê. Há um corpo dentro dessas roupas, é claro, mas a primeira coisa que saltou aos seus olhos foram as cores, vermelho e azul, como se as próprias roupas fossem o objeto de observação de todas aquelas pessoas, ou mesmo as protagonistas da história.

Mario, pensa.

Talvez ela seja a única pessoa que sabe o nome desse corpo. Ela o percebe assim, instintivamente, não como um homem, mas como um corpo. Mario estirado no chão, mais sujo que de costume, com as calças molhadas na virilha e uma fenda sangrando na testa. Seus olhos estão meio abertos e opacos, a boca flácida. Uma garrafa de bebida ao lado, quebrada.

Por um momento, Rosa acha que ele está morto. O que aconteceu?, pergunta a um dos socorristas. Ele a olha com frieza.

– Ele caiu, está bêbado como uma porta. Você o conhece?

– Sim, é... Eu o conheço de vista.

Conversou muito mais com Mario que com alguns de seus vizinhos, mas isso significa conhecê-lo? O que ela sabe sobre ele, sobre esse pobre homem que finalmente decidiram atender e pôr na maca? Manuseiam-no como se fosse um trapo, não abruptamente, tampouco com cuidado. Nossa, como fede, um dos homens reclama enquanto o pega por baixo dos braços. Os curiosos dão um passo para trás sem se retirar completamente. Não se importam com o calor do meio-dia, o céu esbranquiçado do início de junho que é impossível enfrentar sem se cegar. Transpiram e assistem enquanto enfiam o bêbado na ambulância, aquele corpo desgrenhado e indecoroso. Para onde vão levá-lo?, pergunta Rosa ao socorrista que está no volante. Ele, com as têmporas molhadas, sem dúvida irritado, diz o nome de alguns hospitais.

– Se não atenderem em um, vão atender em outro. Tente descobrir onde ele vai ficar.

Quando as portas traseiras se fecham e o carro arranca, as pessoas se dispersam em meio a murmúrios. Fim da festa. É quando Rosa descobre Pouca Pena a alguns metros de distância, farejando de um lado e de outro antes de decidir qual rumo tomar. Rosa se aproxima, abaixa-se e acaricia as costas dele. Pouca Pena mexe o rabo, reconhecendo-a com alegria. Ela o pega, enfia-o debaixo do braço e o leva para casa.

Tinha conhecido Mario no bar onde toma café antes do trabalho. Apesar da hora, o proprietário permitia que ele bebesse um ou dois copos de conhaque e depois lhe vendia algumas garrafas de cerveja que discretamente entregava num saco de supermercado por baixo do balcão. Mario vinha todas as manhãs, porque em nenhum outro bar da região lhe serviriam álcool antes do meio-dia. Ninguém lhe fazia perguntas. Entrava com seu vira-lata Pouca Pena e já pegava o copo e o saco com as provisões prontas, pelo preço combinado, sem a necessidade de mais conversas. Tudo isso levara Rosa a se fazer algumas perguntas sobre o dono do bar. Ele fazia aquilo por dinheiro? Por compaixão? Porque não conseguia dizer não a um cliente? Vender álcool a um alcoólico às oito da manhã não soava muito ético; no entanto, o dono do bar tratava Mario com doçura e falava com ele de igual para igual. Certa vez, Rosa até o ouviu repreendendo-o com suavidade: Mario, cara, você não pode continuar assim etc. Para Rosa, o dono do bar parecia um homem honrado que se esforçava para oferecer um bom atendimento a todos, fosse quem fosse, sempre pronto a ligar o ventilador de teto quando o calor apertava ou colocar as mesas lá fora se o tempo estivesse bom. Quando ela o via vendendo as bebidas a Mario, estremecia de pena. Dessa forma, ele nunca vai sair do buraco, pensava, mas então se dizia que, se não fosse ali, Mario conseguiria a bebida em outro lugar, mais cedo ou mais tarde, a preços abusivos e em lugares onde seria desprezado ou expulso sem cerimônia por perturbar com sua mera presença.

Começou a falar com ele graças a Pouca Pena. Que nome mais bonito, lhe disse, e Mario contou que não havia sido ele quem o dera, que herdou o animal de um amigo seu – falava sempre do cão nestes termos: o *animal* –, que aparentemente era o nome do personagem de um livro, que seu amigo, até onde sabia – mas não sabia muito –, era muito lido, e que o cachorro, até onde sabia, era mais esperto que a fome. Pouca Pena, com uma presa torta saliente, o pelo acinzentado e uns bigodes descomunais, nunca desgrudava das pernas de seu dono.

Depois dessa conversa, Rosa tinha ficado com uma impressão equivocada. Acreditou que Mario, embora alcoólico, era capaz de manter a lucidez; acreditou que sua situação não era tão grave. Quando começou a vê-lo de tarde cambaleando com uma garrafa de vinho na mão ou deitado nos bancos da praça, entendeu que seu problema era muito sério. Podia fazer alguma coisa por ele? Não, não podia, disse a si mesma. Às vezes ela o cumprimentava e ele não a reconhecia; outras vezes levantava a mão e falava a Pouca Pena, arrastando a voz: olhe, sua amiga… Mais tarde, soube que dormia num quarto de um apartamento ocupado por imigrantes, que tinha mulher e filhos em outra cidade, que havia sido internado várias vezes, que recebia uma pequena pensão por invalidez, que gastava, assim que a recolhia, para saldar suas contas antes de acumular novas dívidas que pagaria no mês seguinte. Era pobre, muito pobre, sempre vestido com sua camiseta vermelha e as calças azuis de veludo cotelê, mesmo com todo aquele calor. Rosa o conhecera em fevereiro, quando acabara de se mudar para o bairro, e agora, quatro meses depois, ele continuava usando a mesma calça.

Um dia, ela lhe comprou um sanduíche sem que ele pedisse. Quando ele aceitou, Rosa soube que esse ato aparentemente generoso não a redimia de nada e que, embora não fosse responsável, também não era inocente. Para compensar, fez o esforço de não fugir e ficou ao seu lado enquanto comia. Mario estava surpreendentemente sereno e falante. Contou-lhe que, quando jovem, trabalhara com moldagem de concreto, mas que, devido a um acidente, teve de tirar licença permanente. Não explicou que tipo de acidente havia sido, ou como ganhou a vida depois. Também falou sobre o amigo, o antigo proprietário do *animal*.

– Que cara incrível – disse. – Ele era professor e tudo, sabe?

Rosa o olhava de rabo de olho, um pouco aflita: as bochechas avermelhadas, o nariz venoso, os olhos lacrimejantes. Mario tinha cara de boa pessoa, uma curiosa expressão inocente, como um menino grande. A vergonha que ela sentia não era por estar sentada ao lado de um homem que comia um sanduíche graças a um ato de caridade. Era, tinha de admitir, porque talvez a vissem com ele. Ela se rebelava contra aquele sentimento horrível e por isso continuava sentada, forçando-se a engolir a indignidade daquela rejeição sutil. Pouca Pena a ajudava: ela podia acariciá-lo e estabelecer um vínculo mais simples e menos questionável.

A primeira coisa que ela faz é ir ao supermercado para comprar um saco de ração e um potinho de patê. Pouca Pena fareja a comida sem interesse, depois continua a circular pelo apartamento que não conhece, enfiando o focinho em cada canto, esquadrinhando o território. Pode não ser a melhor coisa para tranquilizá-lo, mas está tão sujo que decide lhe dar um banho antes que Yolanda, com quem divide o apartamento, apareça. Pouca Pena se deixa entrar na banheira com submissão, é até possível que ele goste da água fria e do sabão. É um cachorro muito bom, pensa Rosa, parece entender o que está acontecendo. Ela está na sala, esfregando-o completamente com uma toalha para evitar que ele se sacuda e salpique tudo de água, quando Yolanda chega. Sem largar as sacolas de compras, fica olhando para eles com desprezo.

– E isso?

Não foi a melhor recepção, mas era de se esperar. Faz semanas que Yolanda se mostra agitada, permanentemente irritada com Rosa, não importa o que ela faça. É uma reação de raiva pessoal contra a qual Rosa já não pode lutar.

– É de um homem que teve um infarto no meio da rua. Fiquei com pena e o recolhi. Mas não vou ficar com ele para sempre, relaxe. É só enquanto isso.

– Enquanto isso, o quê?

– Enquanto seu dono se recupera.

Inventou a mentira do infarto na hora. É mais fácil obter assim a indulgência do que dizer a verdade, o bêbado que cai ao meio-dia de uma insolação e se mija todo.

– E se ele morrer?

– Ele não vai morrer – diz Rosa.

Continua esfregando o cão energicamente, concentrada em que ele não molhe nada. Explica a Yolanda que é muito manso, que não vai dar problemas. Que ele nem late.

– Mas você tranca ele no seu quarto, tá? – diz Yolanda indo para a cozinha.

– Era isso que eu ia fazer.

– Quer dizer – ela refaz seus passos –, nada de ficar andando pelas áreas comuns. Sou alérgica, tá?

Isso é novidade. Rosa se lembra da festa no terraço em que Yolanda a levou uma noite, quando supostamente eram amigas. Um dos rapazes tinha um galgo-afegão, um cão espetacular que ele não parava de acariciar. Custou uma fortuna, disse o rapaz; sim, aquilo não importava, mas o cachorro era uma beleza, quem podia resistir à sua presença, disse, o luxo deve ser pago. Naquele dia, Yolanda não mencionou nenhuma alergia. Pelo contrário, tinha beijado o cachorro na boca. Rosa ficou muito perturbada com aquele beijo, não esqueceu. Talvez Yolanda seja alérgica, ela pensa, apenas aos vira-latas como Pouca Pena, sem pedigree, embora haja outra interpretação mais provável: a de que a alergia seja à própria Rosa, a qualquer coisa que a própria Rosa faça, diga ou traga para casa.

Rosa havia alugado aquele quarto apenas por alguns meses – seis, especificamente –, porque um apartamento inteiro só para ela era muito caro e porque talvez – não tinha certeza – meio ano fosse tempo mais que suficiente para se recuperar. Por outro lado, a companhia de uma garota de sua idade, alegre e vigorosa, poderia vir a calhar para se distrair, se recuperar completamente e não ter recaídas. Quando conheceu Yolanda, foi a primeira coisa que pensou: ela pode me ajudar, sem que saiba.

À primeira vista, Yolanda era impressionante. Alta e esbelta, parecia uma modelo, com seus movimentos de serpente, os grandes olhos amendoados e uma cabeleira acobreada e encaracolada que lhe caía em cascatas até os ombros. No dia em que lhe mostrou o quarto, ela usava uma saia longa de algodão, uma blusa estampada com um nó acima do umbigo e estava descalça, com uma tornozeleira prateada. Mais que falar, ronronava, com sua voz grave e lenta e um leve sotaque do sul da Espanha. Disse que estava estudando artes cênicas, já tinha atuado em algumas peças e em várias produções universitárias, embora sua verdadeira aspiração, contou, fosse o cinema. Sua atriz favorita de todos os tempos era Greta Garbo; era tão obcecada por ela que no inverno usava boinas para imitá-la, embora o efeito, ela confessou, fosse exatamente o oposto.

– Fica parecendo que acabei de chegar do interior! – disse ela, e ambas riram.

Rosa gostou disso, que fosse divertida e um pouco irreverente. Yolanda a recebeu com entusiasmo, ajudou-a a instalar as cortinas e deu-lhe um ciclâmen de flores vermelhas que murcharam em poucos dias.

– Nossa, espero que não seja igual com os caras – brincou.

No início, elas podiam passar horas e horas todas as noites conversando e rindo, até alta madrugada. Trocavam fofocas ou comentavam com sarcasmo os programas de TV a que assistiam juntas. Yolanda tinha uma pitada de cinismo, mas era muito engraçada, e Rosa gostava de toda aquela banalidade, da aparente frivolidade de tagarelar sem se aprofundar. Nunca tivera consciência do quanto precisava de uma amiga dessas. Olhando para trás, só se lembrava, no passado, de algumas figuras borradas que haviam cumprido uma mera função auxiliar. Não havia alegria naquelas amizades, apenas uma companhia utilitária e bastante sem graça; não sentiu falta delas quando parou de vê-las, enquanto com Yolanda era muito diferente, uma celebração contínua. Talvez por isso, para não estragar nada, ela contava sua vida a conta-gotas, eliminando as partes conflitivas. Embora Yolanda lhe oferecesse confiança, queria que a amiga gostasse dela, não devia se tornar chata nem problemática.

Rosa tinha a sensação de que aquela felicidade havia durado muito tempo, mas, se pensasse bem e fizesse as contas, percebia que acabou muito cedo. Desde o dia da festa no terraço, sem maiores explicações, Yolanda começou a se distanciar e parou de prestar atenção nela. Dirigia-se a ela laconicamente e, quando voltava da aula, se trancava em seu quarto com a desculpa de que estava exausta. Rosa a ouvia falar ao telefone e rir com os amigos pelos quais a havia substituído. Nos primeiros dias, sentiu a ferrada da rejeição, cruel e fria, dolorosa, depois se acostumou. De certa forma, regressava ao lugar de onde partira, não era novidade. Como passar da embriaguez à sobriedade depois de atravessar uma triste ressaca, pensou.

Sem bater antes, Yolanda põe a cabeça pela porta.

– A banheira está cheia de pelos de cachorro – diz, e depois bate a porta.

Rosa vai ao banheiro, recolhe os poucos pelos que encontra, varre o chão. Trancado no quarto, Pouca Pena choraminga. É a única coisa que parece preocupá-lo agora: que ela vá embora, que o abandone ali e não volte.

Ela se deita na cama com ele, sussurra em seu ouvido.

– Não, seu tonto, não vou embora.

Pensa em sua filha. Ela gostaria tanto desse cachorro! Há crianças que desde pequenas desconfiam dos animais, e outras, como Raquel, cujos olhos brilham só de vê-los. Poderia levá-lo no fim de semana para brincar com ela? Seria, claro, uma boa maneira de conquistá-la, mas será que Mãe ia querer?

– E você, gostaria de ir, amigo? – pergunta.

Pouca Pena olha-a com interesse, erguendo os bigodes de três cores: pelos cinzentos, castanhos e pretos, todos entrelaçados. Observando-o com atenção, Rosa descobre belas simetrias em sua pelagem. É preciso olhar as coisas muito de perto, diz-se, para compreendê-las, e, mesmo assim, algumas nunca são completamente entendidas, como aquele cão. O que ele acha? Está preocupado com seu dono? Já se esqueceu dele como deve ter se esquecido do primeiro, o professor?

Deixa o tempo passar assim, divagando e acariciando o cachorro. Sabe que deveria ir à aula, mas não será o primeiro dia ou o último que perde, com a diferença de que Pouca Pena agora é um motivo mais válido que outros. Ela também precisa de um descanso. O calor dos últimos dias é exaustivo. Seu quarto está um forno, o pequeno ventilador que comprou mal move o ar quente de um lado para outro. O contraste entre o exterior – a luz ofuscante e alaranjada do vento abafado – e o interior na penumbra a submerge num estado de torpor. Sente uma pontada de desejo – descer ao supermercado, esconder na mochila um pote de um quilo de sorvete, comê-lo de uma só vez às colheradas –, mas consegue vencê-lo. Quando reúne forças suficientes, liga para a casa dos pais. Mãe põe a menina ao telefone, embora Rosa não tenha certeza de que ela reconheça sua voz. Ligar para ela todos os dias é um processo doloroso, mas é muito mais difícil ir vê-la nos fins de semana. Raquel é uma menina muito sociável, mas olha para ela como uma estranha e vira as costas quando quer pegá-la nos braços. Rosa se tranca no banheiro e morde os nós dos dedos para amenizar a vontade de gritar. Ela se sente vigiada, como um preso recém-libertado mas ainda suspeito de reincidência. Há silêncios insuportáveis, perguntas que não são feitas e fatos que não são contados. Não falar sobre certas coisas, nesse caso, não significa que eles tenham esquecido ou mesmo perdoado. Essa omissão representa apenas o peso avassalador do opróbrio, recaindo repetidas vezes sobre ela.

Até o dia da festa no terraço, Rosa não conhecera os amigos de Yolanda. Tinha lhe contado desse e daquele, de seus colegas de classe e também de outros conhecidos, amigos de amigos, pessoas que vinham do teatro alternativo, jornalistas, poetas e formados em belas-artes, pessoas que abriam seus caminhos na vida com coragem e talento. Preparando-se para a festa, Rosa sentiu-se intimidada. O que iria contar sobre si mesma? Era apenas uma operadora de telemarketing que vendia seguros no turno da manhã e estudava magistério à tarde. Se tivesse continuado a faculdade de psicologia, talvez pudesse ter conseguido um pouco mais de glamour, mas isto, seu futuro mais que previsível como professora primária, a falta de ambições e sua óbvia ignorância do mundo – não tinha viajado, não tinha vivido aventuras excitantes – não era uma boa carta de apresentação. Pôs um lenço no cabelo, tirou-o pouco antes de sair, insegura. Usava um vestido azul simples e barato, sandálias de couro e algumas pulseiras finas. Yolanda disse-lhe que estava muito bonita, mas ela achava que, no máximo, só podia aspirar ao modesto papel de acompanhante.

A festa acontecia numa casa no centro, um imóvel antigo com escadas estreitas e sinuosas que levavam a um esplêndido terraço enfeitado com lâmpadas coloridas e lanternas de papel. Quando chegaram, estava anoitecendo; muitos convidados já rondavam com garrafas de cerveja ou copos de vermute na mão, fumando e conversando em pequenos grupos. O som era bossa-nova num volume muito suave, vozes aveludadas e sensuais que eriçavam a pele de Rosa. A vista fabulosa dos terraços vizinhos, o ar primaveril e a luz quente e rosada lhe pareceram de outro mundo. Apenas o alvoroço das andorinhas que entravam e saíam de seus ninhos a transportou para o lugar de onde vinha: eram idênticas, comportavam-se da mesma forma em todo lugar, com seus grasnados apressados ao final do dia. Todo o resto, por outro lado, era diferente, como se não estivesse na mesma cidade, sob o mesmo céu.

No início, esperou Yolanda apresentá-la aos amigos, mas logo percebeu que a coisa não funcionaria assim e até suspeitou que, na realidade, Yolanda não conhecia quase ninguém. Em determinado momento, ela a deixou sozinha para cumprimentar alguém e já não voltou. Rosa foi tomar uma bebida e encostou-se à parede, à margem de tudo. As pessoas ali eram sofisticadas e modernas; as meninas usavam roupas que Rosa não costumava ver, calças muito largas, mas tremendamente sensuais, blusas com decotes ousados nas costas e estampas geométricas. Embora o tempo estivesse fresco, não pareciam sentir frio e estavam com os ombros descobertos. Muitas ostentavam cortes de cabelo diferentes, com franja muito reta e parcialmente raspados. Eram o tipo de garotas de mente aberta que não se escandalizam com nada, a não ser com a falta de gosto. Os meninos, bonitos em suas camisas de linho e sandálias, se moviam com uma distinção misteriosa, sorrindo para todos, inclusive para ela. Um deles sussurrou: circule!, e depois foi embora, deixando-a ainda mais desnorteada. Havia cadeiras dobráveis para sentar, embora muitos o fizessem diretamente no chão, em tapetes de juta; o jovem que havia levado o galgo-afegão estava deitado numa espreguiçadeira enquanto acariciava seu precioso bem. No meio do terraço, uma exuberante marroquina, mais velha que os demais, amassava cuscuz com as mãos. Alguém explicou que essa era a forma tradicional de prepará-lo, uma elaboração que levava horas e horas. A mulher estava tão absorta em sua tarefa que, quando Rosa se aproximou dela para falar, ela apenas sorriu, sem facilitar a conversa; Rosa não entendia se era apenas mais uma convidada ou alguém que havia sido contratada para fazer aquilo. Foi em busca de Yolanda, que a cumprimentou efusivamente, como se não a visse há anos, mas logo se esqueceu dela de novo, borboleteando de um grupo para outro, resplandecente com seu vestido longo e a chamativa cabeleira cacheada. Ela se comportava de forma distinta: mais afetada, com um senso de humor mais hermético, deixando claro que estava ciente das chaves secretas daquelas pessoas.

Quando escureceu completamente, bandejas com comida começaram a circular: empanadas, espetinhos de carne e maçã, queijos com pães de sementes. Quem tinha preparado tudo aquilo? Quem eram os anfitriões, os donos da casa? Rosa não entendia nada. A mulher do cuscuz ainda amassava; aparentemente, ainda demoraria um bom tempo até o que seria o prato principal. Rosa se serviu de um pouco de cada bandeja num prato de plástico, pegou outra cerveja e sentou-se no chão para comer. Alguém lhe perguntou o que ela fazia; quando respondeu, já havia várias pessoas por perto, ouvindo-a. Falou com indiferença e altivez, como se a opinião de todos eles não lhe importasse minimamente, e fez algumas piadas que ninguém entendeu ou que não acharam engraçadas. Mais tarde, quando as pessoas começaram a dançar, ficou sentada, observando e bebendo. A partir daí, perdeu a noção do tempo. Tudo se acelerou, tornou-se confuso e obscuro. Quando mais tarde ela tentasse se lembrar, seria difícil ordenar as coisas, o que aconteceu primeiro e o que veio depois.

De repente, Yolanda estava ali, com ela e outras meninas, fumando maconha e contando algo muito séria, uma espécie de confissão íntima a meia-voz, com aquela cadência ronronante que dessa vez parecia estudada em detalhes. A luz azul de uma das lâmpadas se projetava em seu rosto duro e anguloso. Rosa pensou que não era tão bonita quanto parecia à primeira vista. E mais: vista com atenção, era quase feia, e se o conjunto funcionava era apenas graças a um carisma que poderia desaparecer de repente, sem aviso. Algumas outras garotas foram se alternando em suas histórias. Desabafavam por turnos, mas sobre o quê? Rosa nunca teria acreditado que elas poderiam ter problemas. Pareciam tão felizes e saudáveis! Bebiam e fumavam despreocupadamente. Alguns casais se pegavam no terraço, outros haviam descido para os quartos, de dois em dois ou de três em três. Pratos com restos de cuscuz se esparramavam pelo chão, bitucas de cigarro e copos sujos espalhados, brilhando entre as pernas de quem ainda dançava.

E, sem saber como ou por quê, Rosa começou a falar de Raquel. Sim, tinha uma filha de dois anos, disse, e Yolanda a olhou severamente, ofendida, como se houvessem tirado seu direito de ser a primeira a saber.

— Como é que você não tinha me contado antes? – perguntou.

Rosa respondeu a verdade, se por verdade se entende a realidade dos fatos expostos. Mas não foi totalmente sincera. Uma auréola de falsidade cobriu suas palavras, simplesmente por causa da maneira como as usou, pelo que destacou e o que ocultou. Não foi uma manipulação malévola: ela buscou conforto o melhor que pôde, sem jeito. Expressou sua tristeza – uma tristeza autêntica e profunda –, mas fez isso errado, porque essa tristeza estava em outro lugar, um lugar tão distante que nem sequer podia ser descrito.

Em determinado momento, ela abriu a carteira e mostrou a foto que guardava, uma foto antiga, de quando Raquel era uma bebê de sete meses, com os dentinhos inferiores nascendo. A foto passou de mão em mão entre exclamações; até Yolanda sorriu, mas por dentro. Rosa acreditava ter conquistado o carinho, e talvez também a admiração, de seus ouvintes. Mais tarde, isso já não era tão claro. Sua história tinha um ressaibo vulgar, quase comum. São as mulheres sem instrução e irrecuperáveis que deixam seus filhos para trás e combatem seus problemas mentais trabalhando como mulas. Algumas crianças são levadas pelos serviços sociais. Ao contar sua história, Rosa parecia estar roçando esse limite. Talvez não tenha obtido nem compaixão. Talvez tenha sido apenas condescendência, ou curiosidade causada por problemas alheios. Talvez paternalismo revestido de espanto. Talvez nada. Talvez, assim que se levantaram e foram buscar outra bebida, as meninas tenham se esquecido de tudo. Talvez a única coisa que tenha conseguido, sem prever, foi profanar a foto de sua menina, mostrando-a a quem não merecia vê-la.

No dia seguinte, não se lembrava bem dos segredos que havia revelado. Sabia que não especificou algumas coisas, mas acreditava que elas poderiam ser subentendidas. Yolanda disse-lhe que em nenhum momento falou de cleptomania, e Rosa acreditou nela. *Cleptomania* é uma palavra feia demais para ser proferida, disse, carece totalmente de atrativo.

– Mas é isso que você tem, né? – Yolanda a interrompeu.

Confessar que tinha esse problema não a deixava em boa situação. Significava admitir que dentro dela vivia um monstro insaciável, de uma voracidade repugnante. Um monstro que nem sequer possuía os atributos sedutores de outros monstros. Se fosse escolher, havia compulsões muito mais atraentes, como a maldição da anorexia – aquelas meninas com olheiras e pálidas, todas elas clavícula, pômulos e pélvis –, vício em álcool ou drogas – não no caso de Mario, mas no de pessoas distintas como as da festa – ou mesmo o magnetismo da depressão, aquela dor imensa e envolvente, subjugadora e sombria de quem se recusa a sair da cama. Mas o dela, o monstro que a tocara na sorte, era grosseiro e sujo. Constrangedor e abjeto. Feio. Intolerável, imoral e feio.

Era verdade que tinha roubado. De pessoas próximas cuja confiança ela traiu, dos que menos mereciam. Pequenos furtos, objetos de que Rosa não precisava, quase nunca dinheiro, a não ser que estivesse à vista, clamando por ela. Mas também de pessoas desconhecidas e em pequenos comércios. Isto, sim, se lembrava de ter contado: que era uma ladra e que tinha escapado de um processo por puro milagre. Não era possível ser pessoa pior.

Não era a única que pensava assim. Pelos olhares que Yolanda lhe dirigia agora, sabia que as conversas amistosas e os convites para festas haviam acabado. Ela, Rosa, era indigna de entrar em seu mundo. Nada mais era que uma mãe que abandona a filha e a esconde, uma ladra em quem não se pode confiar, que a obrigava a trancar seus pertences. Uma insensível que, pelo menos, contava com a sorte de ter pais que cuidavam da neta. E que ainda, ingrata como poucos, se dava ao luxo de reclamar.

Pouca Pena anda bem colado aos seus pés, com seu divertido trotezinho de pernas curtas. Não é necessário levá-lo na coleira porque ele não se distrai nem por um momento nem tira os olhos dela. Com seus bigodes desproporcionais, agora com a pelagem limpa e brilhante, Pouca Pena atrai a atenção de muita gente. Uma criança se detém para acariciá-lo; Pouca Pena olha para Rosa como se pedisse permissão para devolver a cortesia. Balança o rabinho, solta um latido alegre e segue em frente, recuperando o ritmo. Quando chegam ao hospital, Rosa percebe que não vai conseguir deixá-lo à porta do prédio, como pretendia, e sim muito mais longe, porque não são permitidos cães em todo o recinto do hospital, que é enorme. Pouca Pena ouve suas instruções com a cabeça erguida.

– Fique aqui – diz, apontando para uma banca de jornal. – Quieto. Não se mova até que eu volte.

O jornaleiro diz para ela não se preocupar, que ele cuida do animal. Rosa agradece, sai correndo para se demorar o mínimo de tempo possível.

Mesmo assim, demora. Primeiro porque tem de esperar na fila no atendimento geral. Depois, porque não é fácil localizar o paciente, se é que ele chegou lá, àquele hospital. Rosa especifica o dia e a hora em que foi levado. Eles o pegaram na rua tal, a tal altura, ele provavelmente caiu, alguém deve ter notificado os serviços de saúde. Um amigo, sim. Bem, um conhecido. É que ela ficou com seu cachorro e não sabe o que fazer. Mario. Não, nem ideia do sobrenome. Idade? Cerca de cinquenta, talvez um pouco mais, é difícil dizer. Ele vestia uma camiseta vermelha e... Não importa a roupa, ninguém anota no prontuário, diz a funcionária que a atende. Tem sorte por ser alguém de bom coração e, acima de tudo, com paciência. Não deve haver tanta entrada no mesmo dia com esse nome, acrescenta enquanto procura numa lista na tela do computador. Mexe os lábios em silêncio, quase imperceptivelmente, repassando os nomes, concentrada em seu trabalho. Aponta algo, continua com os olhos fixos na tela. Rosa se lembra de Pouca Pena com apreensão. Está pensando em sair e voltar novamente, apenas para ter certeza de que ainda está lá, quando a funcionária se vira para ela, solta um breve suspiro. Em seus olhos muito claros, algo mudou. Uma sombra, de repente. Um véu.

– Aqui me aparece um Mario. Mario Martín Gil. Veio sozinho, foi trazido pelos socorristas. Foi internado na UTI. Pode ser esse?

– Mario Martín? Talvez. Há mais informações?

– Não, aqui só são registradas as entradas e as saídas. Pode ser Mario Martín Gil então? – repete.

– Talvez, mas ele está internado? Dá para ver?

A resposta leva alguns segundos. No entanto, Rosa não entende até ouvir.

– Ele morreu pouco depois de chegar. Foi um infarto.

– Ele morreu.

Rosa gagueja. Morreu. Foi um infarto. Foi o que ela disse a Yolanda, acreditando que estava mentindo. E, no entanto, era verdade. Mario teve um infarto no meio da rua e foi tratado como se trata um bêbado, com superioridade e desdém. Um bêbado que cambaleia e cai, que fica desorientado de tanto álcool que carrega no corpo. Irresponsável e sujo. Levaram-no sem pressa, com relutância. Em meio a repreensões.

A funcionária diz para onde se dirigir se ela quiser se informar sobre o corpo. Se ninguém o reclamou, explica, ainda devem estar à procura de sua família. É preciso esperar no mínimo quinze dias antes de fazer algo. O processo é longo nesses casos, explica, e lhe dá uma espécie de condolências.

– Sinto muito. Você vai ter que ficar com o cachorro.

Ai, Pouca Pena. Rosa agradece, sai correndo para buscá-lo. Ela voltará amanhã, sozinha e com mais tempo, para descobrir o que aconteceu com o pobre Mario. Com seu corpo.

Ao vê-la de longe, Pouca Pena pula de alegria. Segundo o jornaleiro, ele não saiu de lá o tempo todo.

– Seu cachorro é esperto, hein? – diz, admirado.

Rosa se agacha para acariciá-lo. Sente que tem de lhe dar a notícia, que, enquanto não lhe disser a verdade, o cão ficará preocupado sem necessidade. Mas, no momento, as palavras não lhe saem.

Dirigiram-se ao rio, para lá do passeio marítimo, onde já não há terraços para beber nada nem bancos para se sentar ou transeuntes ociosos, apenas um caminho de terra coberto de ervas daninhas, algum ciclista distraído, ratos-d'água, nuvens de mosquitos, um carro abandonado. Rosa não está muito convencida de que este é o lugar ideal, não há placidez ali, nada mais afastado do *locus amoenus*, a grama muito seca no verão, queimada, arbustos e gravetos, cobras-d'água. Mas não é para toda a eternidade, diz a si mesma, porque é um rio, água que se move e que vai fluir para um lugar melhor, e é onde eles podem fazer aquilo com intimidade e é, acima de tudo, onde concordaram, depois de um breve e civilizado debate em que também foram sugeridos outros locais possíveis, como o parque – não, muita gente –, o mar – fica muito longe e no final dá na mesma – ou a catedral – estranha sugestão imediatamente descartada, pois há alguma evidência de que Mario fosse católico?

As cinzas são levadas com cuidado pelo dono do bar, que foi quem mexeu todos os pauzinhos depois do aviso de Rosa. Claro que tinham dado pela falta dele, mas foram poucos dias, quem poderia imaginar... o que Rosa chegou contando. Não houve surpresas ou alarde, embora houvesse uma sincera aflição entre os frequentadores que vieram perguntar: o Mario, coitado, quando é o enterro? Grande pergunta: quando é o enterro? Rosa, com Pouca Pena em seu encalço, contou-lhes o que por sua vez tinham dito no hospital, toda aquela relação de trâmites tediosos que deviam ser seguidos, burocracia forense, incompreensível como todas as burocracias. Por isso tinha ido lá, não só para informar, mas também para perguntar.

— Alguém sabe como podemos entrar em contato com a família?

O dono do bar, discreto, digno, movido mais por um profundo senso de dever do que por um sentimentalismo efêmero, disse que ele se encarregaria de tudo. Ele já devia estar a par dessas coisas; Rosa não pediu detalhes, por prudência e respeito.

No dia seguinte, um polonês a parou no meio da rua porque reconheceu Pouca Pena.

— Você é a senhora que ajuda? — perguntou.

A senhora que ajuda. Nunca lhe disseram nada mais bonito e, ao mesmo tempo, mais equivocado. Quem me dera, Rosa pensou, mas assentiu, para simplificar. O polonês lhe disse que era um dos muitos que moravam no apartamento de Mario. Ele contou confusamente sobre a mulher e a filha de Mario, que iriam enviar dinheiro para a papelada e a cremação, mas que não queriam cuidar das cinzas. Depois, contou que trabalhava como manobrista. Tinha oferecido a Mario que se revezassem, mas ele não aceitava, recusava-se categoricamente.

— Muito senhorito, ele era — disse, rindo, e Rosa achou graça que ele conhecesse a palavra arcaica *senhorito*, que pronunciou como se fosse acentuada, *senhoritô*.

Nem todo mundo o apreciava, disse depois, muitos se metiam com ele porque era velho e não sabia como se defender, e também porque não era confiável, no minuto em que você se virava, ele te roubava, embora depois devolvesse tudo, era assim mesmo, como estou te contando, e beijou os dedos para jurar. Era um homem bom, reconheceu. Seu único problema era que bebia além da conta, mas quem não faz isso?, disse ele. Em seguida, soltou uma gargalhada e apontou para Pouca Pena.

– O único que não bebia era esse.

O cortejo fúnebre tem sua graça, como se tirado de um filme neorrealista. Rosa analisa tudo de fora, mas depois, à medida que o momento se aproxima, entra na cena e deixa-se levar. Estão lá, com as cinzas de Mario, o dono do bar e sua mulher, o polonês, outro amigo do polonês – este, búlgaro, muito calado porque ainda não conhece o idioma –, dois frequentadores do bar que estão sempre discutindo, mas que agora caminham muito compenetrados, uma velha meio freira que Rosa lembra não sabe de onde, ela e Pouca Pena: oito pessoas e um cachorro.

– Como vocês se chamam? – Rosa pergunta inesperadamente.

Até ela mesma se surpreende.

– Seria bom saber como nos chamamos – esclarece, mesmo sem saber por que seria bom. – Eu sou Rosa.

– Eu, Bruno – diz o polonês, que usa regata e ostenta tatuagens de dragões e cobras.

– Bogdan – diz o búlgaro.

Rosa tem de lhe pedir para repetir. A velha meio freira dá risada.

– O meu é mais fácil: María.

– Igual ao meu – diz a esposa do dono do bar. – Apesar de todo mundo me chamar de Mari.

– Na verdade é Mari Carmen – diz o marido. – Mas ela não gosta de nomes compostos. Eu, que sempre fui Pedro Pablo, desde que me casei com ela só escuto Pedro.

Um dos frequentadores levanta a mão.

– Eugenio. E ele – diz, apontando para o parceiro de discussões – é Santiago.

Santiago não diz um A. Essa apresentação deve parecer uma besteira para ele, como se fosse um passeio escolar. Rosa lista para si: Mari e Pedro – só Pedro –, María, Bruno, Bogdan, Eugenio e Santiago. Cinco homens, três mulheres, um cachorro.

Pouca Pena está muito feliz com o passeio. Ele cavouca em todos os lugares, com os bigodes sujos de terra, e faz xixi em todos os arbustos. Isso os atrasa, mas eles esperam. Numa de suas corridas, ele se joga no chão para retirar da patinha um espinho que entrou ali. Rosa vem em seu auxílio.

– Muito *senhoritô* o cachorro, como o dono – ri Bruno.

Senhoritô ou não, Rosa vai cuidar dele. Ela agora é a senhora que ajuda, não é? Yolanda já lhe deu um ultimato. Não dá para ficar com o cachorro no apartamento, ponto-final. Ela também disse, ronronando, que não entende como algumas pessoas se voltam tanto para os animais quando não dão bola nem para sua própria família. Essas palavras contêm uma bomba de veneno em seu interior, mas Rosa não entra na provocação. Não se importa com o que Yolanda diz ou pensa. Não mais. Na verdade, ela concorda com a garota: sairá do apartamento assim que encontrar uma alternativa, e será em breve. Mais uma vez, está procurando um apartamento para compartilhar. Mas desta vez vai dividi-lo com uma pessoa muito menor, menos imprevisível. Especificamente, com uma menina. Sua menina. Não diz nada sobre esses planos para Yolanda, porque soaria como uma desculpa ou uma defesa.

Prefere guardá-los para si, valorizá-los e saboreá-los com calma. Tem de aprender outra vez a saborear as coisas, como faz Pouca Pena quando lambe as patas, devagar.

O sol desapareceu quase por completo, alargando-se primeiro, achatando-se depois, laranja, vermelhão, meio círculo, um terço, uma linha. Mas que calor ainda! Ouvem-se as cigarras, seu canto mortuário em homenagem a Mario, constante e apático. María murmura uma oração, todos se calam e escutam de braços cruzados. Amém, diz Bogdan. Amém, dizem todos. O céu tenso e expectante muda de cor segundos antes de Pedro – só Pedro – jogar as cinzas na água morna e achocolatada, que as engole sem mais cerimônia. De repente, Rosa se vê novamente de fora. Que estranho, ela pensa, estar ao lado de todos esses desconhecidos e daquele cãozinho que corre feliz entre suas pernas. Uma pequena decisão – a de pegá-lo – conduziu a outra e depois a outra e outra, até levá-la ao ponto em que está. Não há grandes decisões, diz a si mesma, apenas uma série de pequenas, mesmo minúsculas, decisões, tomadas quase por acaso, embora, na realidade, não. Na verdade, tomadas com hesitação, mas também com audácia, uma a uma, passo a passo, livremente. Tomadas para o bem.

O tio Óscar

Sentados à mesa da cozinha, como se o fato de estarem ali acuados os protegesse das críticas, Mãe e tio Óscar comiam bombas de creme. No início, Mãe tinha rejeitado os doces – é uma hora da tarde, você endoidou?, disse –, mas não houve necessidade de insistir muito. Satisfeita, com os olhos ávidos, chupou os dedos antes de atacar a terceira, dando muitas explicações.

– Bem, só por um dia também não vai acontecer nada. Além disso, são pequenas.

Tio Óscar olhava para ela divertido. Ele também era guloso e tendia a ganhar quilos com facilidade. Sua barriga se sobressaía, acomodada entre as pernas magras e abertas. No caso dele, não era só por causa dos doces. Também gostava de beber.

– Pequenas? Bem, elas são... como são. Ei, você não acha que devemos deixar um pouco para as crianças?

– Bem, não sei o que te dizer. O Damián está de dieta.

– Seu marido?

– Não, homem. O menino.

– De novo? Coitadinho!

– É pelo bem dele.

– Ah, o motivo de sempre. Para o seu bem isso, para o seu bem aquilo. Tenho pena, está crescendo, já é o suficiente tudo o que acontece com a pessoa quando cresce. E os outros? Que culpa os outros têm? Também não vão poder comer um?

Mãe riu nervosa, engolindo um último pedaço.

– É melhor que eles nem vejam. Imagine como seria difícil para Damián se seus irmãos pudessem comer doces e ele não.

– Acho que é seu marido que você não quer que veja.

Uma sombra passou pelo olhar de Mãe, obscurecendo-o.

– Não fale besteira.

A cozinha era pequena, um quadrado com azulejos cinza, móveis cinza e uma janela com vista para o pátio interno do prédio. Dali era possível ouvir as vozes dos vizinhos, o som dos varais enrolando e desenrolando, as brigas e as risadas, os gemidos e também alguns choros. Tio Óscar espreitou para olhar. Lá embaixo havia vasos com plantas, uma enorme tartaruga e uma bacia cheia até a borda com água esverdeada.

– Que horas ele chega?

– Quem?

– Seu marido, quem vai ser?

– Lá pelas duas e meia. Um pouco depois que as crianças. Nós sempre esperamos por ele para comer. E pare de chamá-lo de *seu marido*. Ele tem nome.

Tio Óscar fingiu não tê-la ouvido.

– Em que ele está metido agora?

– Como assim em que está metido?

– Não fique na defensiva, não estou te perguntando nada estranho. Seu marido está sempre metido em alguma coisa. Na luta contra isso ou apoiando aquilo. Coletando dinheiro para uma causa ou difundindo não sei que princípios. Ainda está metido naquele lance da prisão?

– A Odepre.

– O quê?

– Organização de Defesa dos Direitos dos Presos.

– Isso.

– Bem, ele faz o que pode.

– O que significa fazer o que pode? Continua ou não?

– Não, isso ele deixou. Agora está com um projeto para os retardados. Crianças com síndrome de Down, sabe.

– E o que aconteceu com os prisioneiros?

– Ah, nada. Ele teve algumas diferenças com outros membros da organização. Pelo que parece, estavam fazendo as coisas pelas costas dele. Apropriação indevida de fundos, ou algo assim, das subvenções que recebiam, das doações e tudo o mais. E, ainda por cima, punham-no para dar a cara a tapa, usavam-no sem levar em conta os riscos. Um dia, um dos presos, que era sindicalizado, acho, quase lhe dá uma surra.

– Você está falando sério?

– Por que eu brincaria?

– Minha nossa.

Ele soltou uma risada que chateou Mãe muito mais do que ela estava disposta a reconhecer.

– Não vejo qual é a graça.

– Não, eu sei, não tem mesmo, desculpa. Os presos têm sindicatos?

Mãe olhou para ele de soslaio, hesitou.

– Sei lá. Ah, pare de perguntar tanto.

– Ok, tudo bem. Vamos voltar a pôr os pés no chão. Coisas concretas, é mais fácil. O que fazemos com as bombas de creme? As crianças estão chegando.

– Mmmmm… Vamos esconder, né?

– Muito bem, vamos esconder.

Tio Óscar gostava de provocar. Gostava muito. Como sabia que não se bebia álcool naquela casa, levava à mesa seu próprio cantil de uísque, do qual ia tomando golinhos entre colheradas de grão-de-bico. Falava muito alto, interrompia constantemente Pai e soltava grandes gargalhadas, dando palmadas nas coxas.

Punha uns pedaços de páo nas laterais da boca, segurando-os com o lábio superior, como se fosse uma morsa. Falava palavráo e contava piadas sujas, de cocô e peido, olhando para os sobrinhos de relance para obrigá-los a dar uma risada. Tinha prazer em falar errado, dizia *pobrema, mortandela, salchicha*. Com sua conversa aparentemente inocente, suas perguntas afiadas e seus comentários excêntricos, ele encurralava Pai sem querer. Suas visitas, que as crianças no íntimo desejavam, também eram difíceis e tensas. Por um lado, achavam o tio engraçado e espirituoso; por outro, sabiam que era uma fonte certa de conflito: quando ele ia embora, Pai e Mãe discutiam por horas, dias, semanas, e o assunto sempre era ele, o tio Óscar.

Com o tempo, entenderam que talvez essa atitude não tivesse a intenção de ser provocativa. Talvez tio Óscar fosse assim, expansivo, descomplicado, alegre e brincalháo, sem qualquer intenção de desacreditar aqueles que não eram como ele. Talvez, simplesmente, ele não se curvasse, e isso, sua total independência de caráter, era algo que não entrava na cabeça das crianças. O que eles interpretavam como uma tremenda audácia, quase como um insulto, para tio Óscar não era realmente nada.

Naquela ocasião, ele ia ficar uma semana inteira por um motivo relacionado ao seu trabalho, algo que ele explicou por cima enquanto os mais velhos tomavam café – ele, acompanhado de seu cantil – e os pequenos tomavam leite com biscoitos. Tio Óscar era representante de uma marca de eletrodomésticos e viajava com frequência, inclusive para o exterior. Ele conseguia enlaçar uma história a outra sem parar, anedotas e tramas protagonizadas por gerentes de lojas de departamento, garçonetes, recepcionistas de hotel ou colegas de outras empresas, que enfeitava com assobios e onomatopeias. Pai interrompeu-o cortesmente.

– E você não aproveita, já que está viajando, para visitar um museu ou monumento, para ir ao teatro…?

– Não. A coisa mais intelectual que faço é ler algumas páginas do Novo Testamento que deixam na mesa de cabeceira das pousadas. Isso conta como experiência cultural?

E caiu na gargalhada.

Daquela vez, estava promovendo um novo modelo de lava-louças. Um menos barulhento, com gasto mínimo de luz e água e um moderno sistema de bandejas que deixava toda a louça e os talheres tão impecáveis como se tivessem sido lambidos por uma ninhada de gatinhos. Se eles quisessem, disse, podia conseguir-lhes um aparelho com um desconto substancial. Na verdade, lavar a louça de uma família de seis pessoas à mão parecia um ato heroico. Até eles, que eram apenas em dois – ele e a tia Luisa –, tinham comprado uma e a usavam diariamente.

– Lavar à mão não é nenhum ato heroico – disse Mãe. – Atos heroicos são outras coisas, acho eu.

– Bem, nós dois usamos muito – repetiu tio Óscar. – Tem uma opção de meia carga que é muito boa.

– E o que eu tenho a ver com meia carga? Isso é para vocês. Nesta casa somos muitos mais, nunca se usaria.

– Nesta casa, não se usaria nem a metade nem a carga inteira – interveio Pai.

– Bem, para minha irmã seria muito bom, deixe-me dizer. É silenciosa e rápida. Depois de experimentá-la, não há como voltar atrás. O conforto não te deixa nem pensar.

– Nem tudo nesta vida é *conforto* – Pai sublinhou a palavra com uma voz cavernosa. – O desperdício também deve ser considerado. Gastar por gastar, esbanjar e esbanjar. É para lá que sua modernidade está nos levando. Nesta família somos muito mais *antigos* – ironizou. – Mais partidários da moderação. Você sabe o que o Gandhi dizia?

– Um montão de coisas, não é? O Gandhi dizia um montão de coisas.

– Sim, mas em relação à moderação, você sabe o que ele dizia?

– Não, claro que não sei, diga-me: o que é que ele dizia?

– Que a moderação é o primeiro pilar da justiça.

– Bem, mas não acho que ele se referia às lava-louças – riu. – Devia estar falando de moderação política, digo eu.

– Diz você sem saber. Ele se referia à moderação diante do desperdício. A uma questão de recursos. Eu posso encontrar o contexto exato em que ele disse isso.

– Mas de que desperdício você está falando, cunhado?

– Do da água, por exemplo.

– Ah, não, você está enganado aí, me perdoe por te corrigir. Já foi calculado que lavar à mão gasta consideravelmente mais água do que usar uma máquina de lavar louça.

– E a luz? – disse Mãe sem que ninguém a ouvisse.

– Mas por que deveríamos ter uma máquina de lavar louça? – Pai continuou. – Porque todo mundo tem? Não há nada de errado em lavar louça à mão. Não há indignidade no trabalho manual. Começamos atacando a humildade do trabalho e acabamos atacando o trabalho por completo. A mecanização…

– Não disse que é ruim. É uma m… um incômodo – o tio corrigiu-se, para alívio de todos.

Pai apressou a xícara de café e levantou-se, encerrando a conversa. Naquele momento, inclinando-se para a frente, como se estivesse na ponta dos pés, parecia menor, mais frágil.

– A mecanização é uma ditadura – sentenciou.

– Cara, uma ditadura…

– E espero que você não se incomode, Óscar, mas seus argumentos comerciais não me convencem. Reserve-os para seus clientes, de verdade. Agora tenho que trabalhar por um tempo no meu escritório. Por favor, desculpe-me.

– *Por favor, desculpe-me* – disse mais tarde tio Óscar, imitando-o. – Por que ele tem que falar assim? Ele faz isso o tempo todo?

Martina, que tinha acabado de entrar para pegar um copo de água, riu entre dentes. Mãe o repreendeu.

– Pelo amor de Deus, Óscar, na frente das crianças... Você vai me deixar em maus lençóis.

Mas ela também estava alegre. Tio Óscar tinha o poder de tornar engraçado o que não tinha a menor graça, era impossível não se grudar a ele como uma mosca. Em poucas horas, o elemento disruptivo conquistava todos. Martina ficou por ali, sentada no seu joelho e serpenteando coquetemente, como não lhe era permitido fazer havia muito tempo.

– E como te tratam aqui, Martina?

– Beeeeem... Muito beeeem...

– Você está entediada?

Martina olhou de soslaio para Mãe, que estava limpando a cozinha. Que grau de sinceridade lhe era permitido?

– Não. – Olhou para ela de novo, buscando sua aprovação. – Bem, um pouco.

– Um pouco? Só um pouco?

Tio Óscar fez cócegas na sobrinha até que ela se jogou no chão, chorando de rir e esperneando. Mãe pediu-lhes que parassem; irritariam Pai com tanto escândalo. Mandou Martina de volta para o quarto. Tinha que fazer o dever de casa, disse. Os outros – Damián, Rosa, Aquilino – já haviam terminado. Desde muito cedo aprenderam que, antes de tudo, deve-se dar prioridade às obrigações. Martina estava tendo mais dificuldade em aceitar, sempre encontrava desculpas para se perder. Ainda não havia consolidado o hábito, como os demais. Ao dizer *hábito*, sublinhou a palavra com a entonação, como fazia Pai. Tio Óscar esfregou as sobrancelhas, refletindo. De repente, ele tinha ficado muito sério.

– Escute, tem uma coisa que eu não entendo.

Mãe empilhava os pratos enxaguados no escorredor, esforçando-se para não fazer barulho. Voltou a olhar por cima do ombro para o irmão.

– Pelo amor de Deus. O que você não entende agora?

– Tudo isso...

Tio Óscar se levantou e girou sobre si mesmo, apontando com o braço a cozinha e o que estava além do corredor.

– Isso... Como você vive... Se até a Luisa e eu vivemos melhor.

– O que você quer dizer? Vivemos de forma muito digna.

Mãe enfiou os braços na água até o cotovelo. Começou a esfregar sem parar uma panela cheia de espuma. Em sua energia, havia uma boa dose de raiva que transbordava. Tio Óscar, de pé, olhando para ela, com a camisa xadrez mal enfiada nas calças vincadas, as manchas de suor sob as axilas, os suspensórios bordô segurando a barriga e os sapatos combinando, oferecia uma aparência lamentável, mas simpática. Ambos se assemelhavam, de certa forma – bonitos, excessivos e não muito elegantes –, mas o que se manifestava nele com atrativa expansão nela se sentia reprimido e oculto. Ele já havia notado as linhas que desciam do nariz dela até as comissuras dos lábios: as rugas da amargura.

– Acho difícil entender que, sendo seu marido um advogado tão reconhecido como você diz, não possa se permitir morar num lugar melhor. Este apartamento, esta área, é... não sei... tem algo que não se encaixa.

– Eu não sabia que você era tão elitista.

– Elitista? Pois bem, devo ser. Acho que com o salário de um advogado, e todos os extras e subsídios e... e... aqueles incentivos de que às vezes você fala, você poderia levar uma vida muito mais confortável. Você não tem nem carro. Nem TV. Onde já se viu uma casa sem TV?

Mãe bufou.

– Lá vem você com essa história de aparelhos.

– Não, não é por causa dos aparelhos. Embora, sim, porra: também tem a ver com os aparelhos.

– O Damián não se tornou advogado para enriquecer.

– Ninguém falou em ficar rico.

– Acho que estamos indo muito bem dessa forma. Ele doa parte do seu salário para algumas causas. É generoso com seu dinheiro e também com seu tempo. Tem difundido a filosofia de Gandhi nas escolas, dando palestras à tarde para alunos e pais. Organizou coleções, seminários... Eu sei que você ri, mas lembre-se dos prisioneiros: ele assessorava aqueles que não podiam pagar uma defesa. Muita gente não o entende. Quando alguém não põe o dinheiro no topo de uma pirâmide ou o adora como um deus supremo, as pessoas sentem-se ofendidas e atacam. Até seus colegas de escritório de advocacia têm as facas voltadas para ele. Pelo visto, são um bando de ambiciosos e alpinistas sociais. Passam a perna nele, tornam sua vida impossível. Se além disso você vem aqui e a gente não fica do lado dele, imagine só.

Tio Óscar sentou-se de novo, pondo a mão na testa como se a cabeça doesse. Ele parecia desproporcional, o corpo enorme como que se equilibrando naquele banquinho.

– Porra, Laura – disse ele –, não sei do que você está falando. Você é representante dele ou algo assim? Estou apenas dizendo que há algo nele que não é normal.

Mãe já estava na fase de secagem. Passava o pano sobre o balcão repetidas vezes, obsessiva. Torcia, algumas gotas saltavam, ela limpava, torcia de novo.

– Por que não é normal? É muito fácil tirar sarro dele. Só porque ele fala corretamente e gosta de boas maneiras à mesa. Ou porque ele lê livros de filosofia e é pacifista e defende ideais que você acha ridículos. Me diga o que há de errado nisso.

Tio Óscar ponderou por um tempo.

– Suponho que nada – disse por fim. – Mas olhe pelo outro lado. Ele acredita que o que os demais fazem é ruim. Tudo que eu faço, por exemplo, é ruim. E não é nem ruim só! É intolerável! Sou gordo e bebo uísque, e falo mal, e conto piadas sujas, e não vou a museus nem leio poesia, e trabalho vendendo eletrodomésticos na maioria inúteis, e não acho que haja nada de heroico em lavar pilhas de louça à mão, e gosto de me sentar e devorar montanhas de bombas de creme e pôr a mão no pinto.

– Chega! – Mãe estava prestes a rir de novo.

A enumeração que tio Óscar acabara de fazer buscava justamente esse efeito. Tinha mexido muito as mãos, acelerado a fala e falseado a voz para diminuir a tensão. Tio Óscar não tinha pretensão de ganhar, e muito menos de sua irmã. Diante do dilema de se irritar ou ceder, estava sempre disposto a ceder. No entanto, mesmo que ninguém tivesse notado – ele era um excelente ator –, dessa vez fizera muito esforço para se reprimir.

Durante aquela semana, a casa ficou de cabeça para baixo. Tio Óscar saía de manhã com sua maleta de couro sintético e seu terno barato, que para as crianças parecia o mais elegante. Puxavam sua gravata como se ele fosse um palhaço de feira, e ele fingia ficar bravo. Rugindo como um leão, perseguia-os em torno da mesa onde tomavam café da manhã, enquanto Pai, sem protestar, olhava por cima do jornal. Almoçava fora e voltava no meio da tarde, quando estavam ocupados com os deveres de casa. Para passar o tempo até a hora do jantar, ele se metia com Mãe na cozinha e os dois ficavam se provocando. As crianças ouviam-nos rir, discutir e, se se aproximassem furtivamente, até sussurrar. Eles sentiam que Pai não aprovava essas trocas, embora não dissesse nada. Encerrado em seu escritório, ele só aparecia para bisbilhotar de vez em quando, mas seu habitual tom curioso havia sido substituído por outro mais tímido, como se a cada passo que tio Óscar desse ele recuasse outro, acovardado. Quanto a Mãe, viam-na oscilar, trocar de roupa várias vezes ao dia e, não em menor proporção, sofrer. Ela gostaria de conciliar interesses sem tomar partido, ou seja, salvar a pele, mas mesmo os menores entenderam que isso, alcançar a harmonia, era uma empreitada impossível.

Ele a observou confundindo-se ao colocar os talheres na mesa e sendo repreendida por isso. Sentiu-se confortado ao ver que aquilo não a afetava; corrigiu o erro e seguiu fazendo as coisas com muita calma. Depois de já ter participado de vários jantares, tio Óscar notava diferenças palpáveis entre a forma de agir dos outros sobrinhos e a de Martina, embora entre os primeiros também houvesse variações. Damián, o mais velho, era o mais influenciável, sempre procurando agradar e nunca conseguindo, enquanto Rosa, muitas vezes mal-humorada, teimosa e hostil, só queria que a deixassem em paz. Aquilino, o pequeno, era de longe o mais engraçado e o mais atrevido, também o mais inteligente, tinha aprendido a mover-se com facilidade em águas tão difíceis.

Apesar de tudo, os três eram marcados por uma profunda e remota ignorância, pela carência de um conhecimento profundo da vida além daqueles muros. Era incrível, pensava tio Óscar, que nem mesmo a escola lhes oferecesse um contraste suficiente. Talvez mais tarde, quando entrassem na adolescência – e Damián já estava quase de seu tamanho –, as coisas mudassem, mas por enquanto lá estavam eles, submissos na superfície, mas agitadíssimos por dentro, de uma forma que nem eles entendiam. Mas Martina vinha de outro lugar. Embora se adaptasse com docilidade, ora parecia surpresa, ora decepcionada. Era como se, não importava o que acontecesse, ela se mantivesse à parte. Martina tinha apenas doze anos, mas, ao contrário dos demais, já sabia que a vida podia ter muitas faces: já tinha visto outra. Tio Óscar sentia, mais do que pena dela, pena de si mesmo e, acima de tudo, pena de sua esposa, que teria recebido a sobrinha de braços abertos se as coisas tivessem se desenrolado de maneira diferente.

Não tinham filhos, não tinham podido. Quando a mãe de Martina morreu, tomados pela insegurança e pelas dúvidas, deixaram que a avó cuidasse da menina, que na época tinha oito anos. Adotá-la naquele momento seria como reconhecer seu fracasso: nisso, os dois concordaram sem precisar dizê-lo. Foram egoístas, imprudentes e fracos, mas não tanto quanto mais tarde, quando a avó morreu e perderam a oportunidade pela segunda vez. O pior era que ele sabia, com uma certeza indemonstrável, que a mãe de Martina teria preferido que a filha crescesse com eles. Mas quem faz perguntas aos mortos? É o argumento mais odioso de todos, aquele que apela para quem já não pode pronunciar-se.

– Você está muito quieto, Óscar. Não quer mais frango? – disse Mãe, tirando-o da abstração.

– Não, não, obrigado.

– Quem diria, como você está comendo pouco hoje! Tem certeza? Só mais um pouquinho? Tem de sobra.

– Não, de verdade.

Enxugou a testa com o guardanapo. Pai olhou de relance. Todos pensaram na inadequação do gesto: que porquice. Ninguém falou nada.

– Eu estava me lembrando da mamãe – disse ele, dirigindo-se a Mãe. – Às vezes, parece que foi ontem que ela estava aqui.

– Ah, a mamãe. Bom, já vai fazer um ano. – Mãe mudou de assunto, desconfortável: – Então, trago a sobremesa?

Haviam tido suas diatribes. Mãe sacara suas armas para fazer valer seus direitos. Tio Óscar nunca soube se foi coisa só dela ou se Pai também estava por trás, insistindo. Ela usou raciocínios ardilosos e distorcidos: *ela ficará melhor com os primos que sozinha* (mesmo que os primos mal tivessem convivido com ela antes); *já temos prática de cuidar de crianças* (bem, apenas seus filhos); *estou sempre em casa, mas você viaja continuamente* (na realidade, quem viajava era ele, não Luisa); e o melhor argumento de todos, o mais contundente, que ela dizia abaixando a voz e apertando os olhos com muita emoção: *ela precisa de uma reeducação completa*. Recordou a conversa que tiveram alguns dias antes na cozinha, a dos profundos ideais, a luta pelas causas perdidas e o proselitismo como bandeira. Olhou para o pêssego em calda e sentiu vontade de vomitar. Enchendo uma cumbuca até o topo, Martina, com os dentes da frente separados e o leve estrabismo dos olhos caídos, sorriu para ele do outro lado da mesa.

– Aproveite, titio, a gente nunca come isso!

– Martinita, não seja injusta, qualquer um diria que nós te matamos de fome – interveio Pai. – A única coisa que acontece é que a calda doce não é a coisa mais saudável do mundo. A fruta já contém açúcar suficiente para se adicionar mais. Mas não somos tão severos quanto você quer que seu tio acredite, não é?

Martina olhou para ele sem entender, engoliu, assentindo com a cabeça e depois negou, confusa. Deus, pensava tio Óscar, não é uma menina bonita, não é nem de longe como Rosa ou sua mãe, mas como é expressiva, que força ela tem. Vai se dar bem.

No último dia, trouxe-lhes presentes. De manhã, na hora do café, perguntou a todos o que queriam. Muito educadamente, as crianças lhe disseram que não queriam nada e que, além disso, eram contra os presentes por serem uma manifestação material de afeto, quando o afeto, por razões óbvias, não precisa ser expresso através da matéria. Então vocês são contra os presentes?, perguntou tio Óscar sem lhes dar crédito. Vocês podem se recusar a dá-los, mas não podem se recusar a aceitá-los, não é? Para isso, eles não tiveram uma resposta e, surpreendentemente, Pai não veio em seu socorro. Permaneceu sentado em seu canto, muito quieto, interessado na revista que tinha em mãos, uma revista de filosofia que pegava de vez em quando para reler, desgastada de tanto manuseio. As crianças olharam de relance para ele e, diante de seu silêncio e da insistência de tio Óscar, cada um pediu o que quis, sussurrando no ouvido dele não sem certo sentimento de culpa. À noite, tio Óscar voltou com uma sacola cheia de pacotes. Damián e Rosa ganharam seus livros; Aquilino, seu caderno de desenho e uma caixa de tinta guache; e Martina o maior presente de todos, o melhor: uma roda da moda, o brinquedo que todas as meninas então queriam, um sofisticado sistema de moldes com combinações das mais modernas: jaqueta com minissaia e chapéu, blusinha com calça pescador e boina, *body* com meias-calças e faixa na cabeça etc. Martina batia palmas de alegria. Mas os outros, sem que ninguém tivesse dito uma palavra sobre isso, sabiam que esse jogo era completamente inapropriado, improcedente, errôneo. Tinham acabado de desembrulhar os presentes quando Mãe correu para tirá-los de suas mãos. Não era hora de brincar, disse ela. Embora ainda faltassem duas horas para o jantar, ela os fez pôr a mesa e sentar-se para esperar. Como Pai ainda estava trancado em seu escritório, tio Óscar pensou que Mãe estava tentando esconder os presentes para que ele não os visse. As próprias crianças ouviram-no perguntar na cozinha, extraordinariamente zangado.

– Por que você não quer que os veja? Qual é o problema? São crianças, porra!

A resposta de Mãe não foi ouvida.

Todas as noites ele tivera muita dificuldade em adormecer, mas dessa vez, a última, estava achando impossível. O tique-taque do despertador, que tinha chegado a ter um efeito letárgico, estava agora lhe dando nos nervos: tirou furiosamente suas pilhas e esperou um pouco mais para conciliar o sono, sem sucesso. Deitado na incômoda bicama do quarto de hóspedes, ouvindo o rumor distante da estrada, sentiu uma súbita claustrofobia. Descalço, na ponta dos pés, foi para a sala e ficou um tempo no sofá, no escuro. Então foi furtivamente ao escritório de Pai, sem saber bem que tipo de impulso o guiava – curiosidade?, morbidez?, raiva? Fechou a porta e acendeu a lâmpada de mesa que iluminava fracamente o tampo. Sentou-se. Começou a pegar papéis e a deixá-los onde estavam sem sequer olhar para eles: faturas, correspondência comercial, notas soltas que supunha terem a ver com seu trabalho de advogado. Também viu uma agenda, um calendário com frases de Gandhi, a lista telefônica, um dicionário de sinônimos, outro de alemão, dois exemplares da revista *Filosofia ou Morte, Os miseráveis*, de Victor Hugo, numa edição original francesa. Pegou o livro. Muitas palavras estavam sublinhadas com a tradução ao lado escrita a lápis em letra minúscula e bem-ordenada. Pelo que viu, Pai só tinha lido cinco páginas. Abriu as gavetas da cômoda, distraiu-se com um fio de clipes de papel e descobriu um pequeno caderno, forrado em couro, parecendo um diário. Estava escrito quase por inteiro, sem margens, ocupando o espaço com avareza. Sabendo que estava cruzando um limite, incomodado com essa profanação, não resistiu e olhou para as últimas páginas. Havia notas incompreensíveis junto a outras cujo significado era cristalino para ele: *o cantil de uísque, zombaria em relação aos abstêmios, encontros na cozinha, risadas pelas minhas costas, deus do dinheiro e do consumo, ênfase no fato de que é mais alto que eu, ódio aos museus, apaixonado pela própria irmã?* Uma gargalhada lhe escapou. Ele não deveria estar lendo aquilo, pensou fechando o caderno. Se naquele momento Pai se levantasse e o descobrisse ali, inspecionando suas coisas, ele teria de admitir sua culpa sem circunstâncias atenuantes. Sentiu um profundo pesar. Ele o imaginou enclausurado em seu escritório todas as tardes, deixando um registro da cronologia de seu desencanto, e foi tomado por um calafrio. Também sentiu uma pontada de compaixão, que se esforçou para rejeitar imediatamente. Como aquele homem sofria, disse a si mesmo, que sombras escondia, e tudo para quê? Para nada. Pôs o caderno no lugar, apagou a lâmpada, voltou para a cama e, para sua surpresa, adormeceu profundamente.

No sábado, tio Óscar foi embora tão cedo que mais um pouco e eles não teriam tido tempo de se despedir. As crianças saíram apressadas da cama, com remela nos olhos, para correr para seus braços, mas ele estava com uma cara fechada e evitava seus olhares, com os olhos avermelhados e a paciência esgotada. Vendo o pouco entusiasmo com que ele os recebia, afastaram-se, discretamente, para observá-lo. Ele estava conversando com Martina, acariciando seus cabelos com tristeza, boa menina. Mãe tinha preparado uma torta de merluza para tia Luisa; ele segurava desajeitadamente a caixa de papelão onde a havia colocado, sem saber muito bem o que fazer com ela. Pai estava tomando banho, então tio Óscar esperou que ele saísse do banheiro para se despedir, embora notassem que ele queria ir embora o mais rápido possível. Já à porta, deram-se as mãos cerimoniosamente. Em seguida, beijou os demais, rapidamente e como que por obrigação, e deixou entre as crianças um estranho sentimento de orfandade. O que tinham feito de errado? Teria se irritado com eles por causa dos presentes?

Ainda enrolado em seu roupão, soltando atrás de si uma nuvem de água de colônia, Pai disse a Mãe:

— Bem... e aí? Não vai falar nada?

Ela, que estava tirando as migalhas do café da manhã da toalha, nem mesmo levantou o olhar.

— O que você quer que eu diga? Já está tudo dito.

Pai bufou, pronto para fazer certas concessões.

— Ok, ele não faz isso de propósito, ele se deixa levar pelo que vê, mas a roda da moda? Que absurdo é esse? Esse brinquedo difunde valores bem mesquinhos, isso de as meninas se vestirem como adultas e que a única coisa que importa são roupas e joias. E não é que também seja muito criativo. Basta esfregar o lápis para fazer o desenho sair. Você nem precisa se esforçar! Grande ensinamento!

Martina ensaiou um protesto.

— Bom, eu gosto.

– Eu sei, Martinita, eu sei que você gosta, como todas as meninas. Ele é projetado para isso, para agradar, como os porcos gostam de um hambúrguer, olhe que contradição. Mas acredite: não é adequado para você. O tio Óscar não sabe o que é certo para uma menina da sua idade; para começar, porque não estudou, depois porque não é pai e, para terminar, porque é um homem muito bruto.

– Bem – interveio Mãe –, não é que ele seja um bruto, mas ele não sabe da missa a metade.

Pai suspirou, cansado.

– Olhe, Martina, é verdade que não gostamos de presentes, mas entendemos que não seria justo você ficar sem nada agora. Vamos à loja, devolvemos a bendita roda da moda e você pode levar outra coisa em troca, o que quiser.

Compraram-lhe um livro de mamíferos muito bonito, com muitas fotos, um pequeno texto e mapas coloridos. Os animais estavam ordenados por tipologias: placentários, marsupiais, monotremados e seus subtipos. Numa das fotos da seção aquática aparecia uma morsa que olhava para a câmera com uma expressão peculiar: os olhos muito afastados, as enormes presas brancas escapando da boca, bigodes que pareciam recém-aparados e o corpo brilhante e enrugado, como se tivesse jogado em cima de si um casaco de lã sujo.

– Parece o tio Óscar! – disse Aquilino, rindo.

Todos acharam muito engraçado. Lembraram-se disso nas refeições, fazendo graça com pedacinhos de pão debaixo dos lábios, e era verdade: idêntico. Pai e Mãe, ao verem a foto, também riram com vontade: com certeza, com certeza, admitiu Pai. Com isso, o livro passou a ser chamado de "livro da morsa Óscar", e, com o tempo, eles até acabaram acreditando que tinha sido um presente de tio Óscar.

Cento e oitenta anos, pelo menos

É preciso esperar muito tempo, não se fiar. Felizmente, Mãe e Pai vão dormir cedo, não como em outras famílias, em que os pais ficam até as tantas vendo televisão ou bebendo; alguns até varam a madrugada, mesmo que tenham de acordar cedo no dia seguinte, que irresponsáveis! Aqui não. Aqui, às onze horas no máximo, todos na cama, seja inverno ou verão, segunda-feira ou sábado, se pensar bem eles têm sorte. No entanto, não é fácil calcular quanto tempo eles podem levar para adormecer. Um suspiro, um pigarreio, uma palavra solta são sinais: ainda não. O equilíbrio entre manter a prudência versus a vontade de escapar – de fugir agora mesmo! – é tão precário, tão tenso, que ameaça se romper a qualquer momento, levando-os ao desastre. Rosa já está se vestindo no escuro, em silêncio, para ganhar tempo. Martina pede que ela aguente um pouco. A bronca em uma delas é a bronca nas duas.

– Imagine se eles entram aqui agora e veem você toda arrumada.

– Por que eles vão entrar?

– Por qualquer coisa, imagine só.

– Passo.

Rosa segura uma pequena lanterna com uma das mãos enquanto pinta as pálpebras com a outra. Ela pestaneja, faz biquinho para passar batom. No espelho de mão, vê seu rosto entre sombras: o nariz largo, as bochechas redondas, os olhos lânguidos e a franja rebelde. Não acha que está bonita, mas transformada, o surpreendente reverso de Cinderela: quando as outras se recolhem, ela sai, como as bruxas, como as putas. Esconde a maquiagem embaixo do colchão, desliga a lanterna, deita-se de costas, aguça os ouvidos, palpitante. Martina também está escutando. Silêncio total. Dormiram. Dormiram? Se ela sair furtivamente, pensa, não haverá risco.

Esperam mais alguns minutos, cautelosas, até que um ronco suave deslize do quarto de casal para o delas. O ronco é combinado com uma respiração profunda, um ritmo pausado e tranquilizador, alternado: ronco-respiração-ronco. Está na hora. Com os sapatos na mão, Rosa avança pelo corredor sem se atrever a respirar. Abre a porta da rua o mais devagar que pode, sai e fecha ainda mais devagar, para evitar o clique que a delate. Martina calcula o tempo e, no momento crítico, tosse para abafar o barulho. Fica acordada mais um tempo, o coração batendo tão rápido que quase dói, até que considera que o perigo passou. Seus pais dormem, seus irmãos dormem, a casa inteira dorme, submersa num silêncio suave. Esgotada pela tensão, ela também adormece. Usa um relógio de pulso com um alarme luminoso que avisará sobre a hora em que deve se levantar e abrir a porta para Rosa, antes do amanhecer. Elas não têm chave. Nenhum dos filhos, nem mesmo Damián, o mais velho, recebeu uma cópia da chave. Para quê? Dificilmente saem e, quando saem, ou estão acompanhados dos pais ou têm de voltar numas horas tão ridículas que estão sempre acordados para abrir.

Rosa corre pelas ruas desertas, iluminadas por velhos lampiões de ferro forjado, feixes de luz amarelada e turva que marcam seu passo de forma confusa. Um perigo, se pensar bem, andar sozinha àquelas horas, mas Rosa, inebriada pela sensação de liberdade, não pensa nisso nem por um minuto. Não é a primeira vez que faz isso; pode não ser a última.

Ele está esperando numa esquina, no lugar exato que ela indicou. Ao vê-lo ali, apoiado à parede, braços cruzados, pontual e paciente, Rosa esquece tudo o que deixou para trás: a cama vazia, a maquiagem embaixo do colchão, a lanterna, o corredor, a casa em silêncio e toda a sua vida, por algumas horas. É um menino alguns anos mais velho que ela, alto e desajeitado, com mãos grandes, melancólicos olhos castanhos e um leve estrabismo que lhe confere um ar travesso. Eles se beijam, se abraçam pela cintura, andam em zigue-zague brincando, parando de vez em quando para se beijar de novo.

Aquela insaciabilidade: Rosa nunca sentiu nada parecido. Como aconteceu, que força impetuosa lhe deu esse presente? Não pode ser produto do acaso, pensa, nem mera coincidência. É magia, magia pura, uma revelação milagrosa e cheia de nuances que infelizmente ela tem de manter em segredo. Rosa já ouviu os pais falarem demais sobre o assunto. Sua vizinha Clara, por exemplo, é criticada por sentar-se no pórtico com seu último *amiguinho*, como o chamam. A campanha para promover o uso do preservativo lhes parece a pior coisa do mundo, uma forma grosseira e mesquinha de empurrar as *crias* para andarem com *qualquer um*. O texto feminista escrito por uma colega de Rosa no jornal do bairro escandalizou-os não só por seu conteúdo *chulo*, mas também pela escrita, *tão deficiente*, já que a degeneração nunca vem sozinha. Sem que se formulasse uma proibição expressa, Rosa sabe que os namorados não são bem-vindos em sua família. Que o simples fato de ter um namorado, ou de desejar ter um, é uma aberração. Que, diante dessa possibilidade, a artilharia pesada seria sacada, em busca do bem comum, é claro. Um namorado significa sexo, e o sexo, já se sabe, não existe.

A própria palavra *sexo* é impronunciável, com a explosão efervescente e festiva do X. Quem o diz em voz alta já está contaminado pela suspeita, porque revela um conhecimento indevido. Como quando os animais copulam na TV e eles fingem não saber o que está acontecendo.

Embora… como evitá-lo? Se existe uma maçã para morder, Rosa já a mordeu. Seus atos já não são propriamente decisões. Visto sob esse prisma, sair sorrateiramente de casa à noite não é uma escolha que tenha feito friamente. Rosa sente que obedece a um comando. Não de ninguém, claro, mas da pessoa que se aninha em seu interior, aquela desconhecida.

Sua transformação ocorreu há dois meses, na biblioteca da reitoria. Descobriu o causador dela em um grupo de amigos com apenas uma olhada, como se ele pertencesse a uma espécie diferente que ela soube identificar de primeira, um espécime exótico, único, que contemplou com a boca seca e um estranho aperto no estômago. Mais tarde, Rosa o flagrou olhando para ela, um olhar rápido e cintilante. Era uma moeda lançada ao ar, e ela devia pegá-la na hora: cara ou coroa.

Chegou perto dele sem pensar muito, sentaram-se bem próximos, sem falar. Ele aproximou sua perna da de Rosa, mal a tocando. É possível que ele nem tenha chegado a tocá-la, mas aqueles dois milímetros de distância, ou aquele milímetro único, foram preenchidos com um calor que Rosa sentiu ir direto para a vulva. Uma ardência. A necessidade de pôr a mão nele, de apertá-lo. A inconveniência de fazê-lo. Um impulso imprevisto, como uma dentada.

O que você estuda?, perguntaram ao mesmo tempo, e isso os fez rir. Rosa estava no primeiro ano de psicologia – não gostava, disse. Ele, no terceiro ano de biologia – gostava muito, admitiu, mas podia fugir um pouco e dar uma volta com ela, se quisesse. E como ela não ia querer! Algumas horas depois, estavam se beijando como loucos.

Eles se viam às escondidas pelas manhãs, faltando às aulas, porque à tarde, Rosa lhe contava com um ar de mistério, ela estava muito ocupada com outros assuntos. Eles iam ao parque, onde se abraçavam atrás de sebes ou se deitavam na grama em silêncio, olhando um para o outro muito de perto. Totalmente vestida, sem descolar os lábios dele, Rosa teve seu primeiro orgasmo. Surpresa, como se um vendaval a tivesse arrastado pelo ar e depois a depositado no mesmo lugar de partida, palpitante, emocionada, ela também manteve aquela descoberta em segredo, só para si mesma.

A festa à qual vão começou às dez e vai terminar tarde, de madrugada. Na véspera, quando combinaram, Rosa disse que eles tinham muito tempo, que ela só sairia depois da meia-noite, que antes disso ela ficava com preguiça. Ele olhou para ela surpreso, pressentindo uma mentira, embora equivocado sobre a natureza da mentira. Em seus olhos brilhou a desconfiança, seus lábios tremeram, mas ele não disse nada. Rosa deu de ombros, aproveitando para se fazer de diferentona.

– Que foi? Por que tenho que sair ao mesmo tempo que todo mundo? Não é como se tivesse dito uma coisa tão estranha! Se você quiser ir mais cedo, a gente se encontra lá.

– Não, eu te espero – disse ele. – Eu vou com você. Te pego em casa.

– Ok, mas não na porta. Não gosto que me peguem na porta.

– Onde você quiser.

– Na esquina da tabacaria. Sabe qual estou falando? No cruzamento com a Padre Pío.

– Eu sei qual é.

A esquina da tabacaria: um lugar discreto, longe da vista, a cerca de dez minutos de sua casa. E mesmo assim ainda podiam ser vistos, alguém, qualquer vizinho, poderia dar com a língua nos dentes para seus pais mais tarde. Ela prefere andar pelas ruas silenciosas, ou seja, as vazias, onde não há lojas, mas blocos de apartamentos com entradas estreitas, corredores que ligam as galerias e locais de passagem. Evitar a avenida onde circula o ônibus noturno, os pontos e as faixas de pedestres. Fazer desvios, andar pelo escuro, encapuzar-se. Mas ela tem que fazer isso sem dar explicações, só porque sim, sem expor seu medo nem sua covardia. Como ele interpreta seu comportamento evasivo, todos esses argumentos inconsistentes e contraditórios? Rosa não se preocupa muito com isso. Ou se preocupa menos do que confessar a verdade: que é uma fugitiva que já deveria estar dormindo em sua cama, sob a proteção das asas familiares.

Quando chegam à festa, rapazes e moças abrem caminho, gritando com eles em meio ao barulho da música. Rosa não compreende os códigos de lugares assim, não sabe o que deve fazer nem como. Espontaneamente, em busca de proteção, ela agarra o amigo pela mão para guiá-la por uma azáfama que, de repente, considera artificial e desnecessária. Ele roça seu pescoço com um dedo, e ela estremece. Concentra-se em seus lábios cheios, sorridentes e cálidos. Seu cabelo, liso, brilha com vários tons, como o de alguns yorkshires, preto ou dourado dependendo de como se move. Sob a luz avermelhada do lugar, ela vê sua beleza oculta desabrochar, quase selvagem, agora disponível para qualquer um. Ela sente que o possui, mas sua posse é efêmera, está na corda bamba, como se tivesse pegado algo que não lhe pertence, algo alheio, roubado, que poderia ser confiscado a qualquer momento. Portanto, é melhor não perder muito tempo, deve ir direto ao ponto o mais rápido possível.

Horas depois, despedem-se na mesma esquina onde se encontraram, a da tabacaria.

– Você não quer que eu te acompanhe um pouco mais? – pergunta ele. – Está muito escuro.

– Não, não – diz Rosa, sem um pingo de cansaço.

Toda vez que se separa dele, a mesma pergunta a assalta: e se esse for o fim? E se o feitiço for quebrado, ou seja, se ela for pega? É uma angústia momentânea, mas profunda, para a qual prefere dar as costas. Não pensar mais, não planejar nada, não agora, não naquele cessar-fogo que ainda não se esgotou completamente. Eles se abraçam, se beijam furiosamente, entrechocando os dentes, e então ele se vira e sai com as mãos afundadas nos bolsos da jaqueta. Rosa caminha rápido na direção oposta. Vai com o tempo apertado porque aproveitou até o último segundo, mas, num bom ritmo, vai conseguir chegar. Na neblina, o asfalto brilha prateado; um gato branco, esbelto, cruza na frente dela, pula um muro e se esgueira com agilidade por uma cerca. Rosa interpreta aquilo como um bom sinal, o sinal de sua sorte. Não é o fim, diz a si mesma, ainda tem muitos dados para rolar, cerrados em seu punho. São seis e vinte e duas da manhã, às seis e meia Martina abrirá a porta sem que ela tenha de avisar. A rua está deserta, só de vez em quando um carro passa a toda a velocidade, deixando para trás o guincho dos pneus. Dois garotos a chamam da calçada oposta; ela aperta o passo sem olhar. Não se importa porque, até onde ela sabe, que eles provoquem de longe ou elogiem faz parte da caçada da noite. Se fosse o caso, ela saberia se defender. Não tem dezoito anos, tem pelo menos cento e oitenta. É sábia e guarda segredos que os outros nem imaginam. Olha para o relógio de novo.

E, de repente, um empurrão, algo que brota de um pórtico nas sombras, uma massa que a princípio nem parece uma pessoa e que a faz cambalear, quase cair, até ser sujeitada no último momento, arrastada para dentro, em direção ao mais escuro, a cegueira, o atordoamento, a dor nos flancos, sem saber como foi, de onde veio.

– Menina, cuidado, você vai se machucar. – Uma voz áspera, pastosa. A voz de um homem mais velho. – Vem cá.

Rosa mal tem tempo para entender as palavras. Ela se dobra de dor, recebeu um bom golpe, está tão confusa que demora a associá-las àquela voz, àquele homem. Olha-o de relance, mal o distingue. Só vê que é gordo e careca e que tem um aspecto desgrenhado, como se usasse roupas em excesso, uma capa jogada sobre a outra, sem sentido. O homem sorri.

– Fique aqui comigo até que o susto passe. Pois que baita susto, hein? Você se machucou?

– Sim, aqui...

Ela sabe que tem de ir embora imediatamente, não por causa do homem, e sim porque Martina está esperando para abrir a porta. Essa ideia sufoca todas as outras, é tão precisa, tão inquestionável, que dificulta a ligação dos pontos. O homem ficou em silêncio, limita-se a observá-la com avidez. Enquanto ela ficar perto, não vai dizer mais nada; só precisa que ela fique ao seu lado, sem se mexer. Rosa ouve-o ofegar, abaixa o olhar. A visão repentina de seu pênis, escuro e arroxeado, brilhante, a faz pular para trás, embora seja uma reação mais impulsiva que racional. Ela começa a correr, ainda encurvada. Gritou sem perceber; um grito curto e rouco, como o de um animal. Os meninos da calçada oposta cruzaram e vêm em direção a ela. Um deles a detém com firmeza; o outro se dirige ao homem, o insulta.

– Calma, calma – dizem. – Ele fez alguma coisa com você?

– Não, eu... só me assustei.

– Esse filho da puta fez alguma coisa com você? Ele te tocou? O que ele fez com você?

– Eu tropecei, não aconteceu nada, já estou indo embora.

Tudo acontece bem rápido. O homem calvo, vestindo um casaco xadrez muito longo, quase até o chão, também está gritando, movendo os braços como lâminas.

– Me deixem em paz, porra, eu não fiz nada!

Rosa quer fugir, mas um dos rapazes ainda a segura pelo braço. Ele pede para ela esperar, a polícia está a caminho. Quando avisaram a polícia? Por que sem sua permissão? Que exagero tudo isso!, pensa Rosa, sem dizer em voz alta. Tem um gosto metálico na boca, seus ouvidos estão zumbindo. Aí ela ouve a sirene, estridente. O azul das luzes do carro se projeta no rosto do homem: novamente a cor roxa, delatando-o, embora agora mais matizado, difuso. Rosa se vira para olhar para ele, sente um calafrio. Ela o reconhece.

– É o vizinho do primeiro andar – diz baixinho.

– O quê? Quem é?

– Não…

Uma súbita e inexplicável sensação de irmandade lhe sobrevém, como se ela também corresse o risco de ser detida: eles dois, seu vizinho e ela – os culpados –, na frente dos dois rapazes – os salvadores –, e os dois policiais que já estão saindo do carro com grande alvoroço, como quem irrompe de surpresa numa festa privada. Por que eles têm que se intrometer?, pensa, irritada. Faz um esforço para ser ouvida. Diz que não aconteceu nada, que foi tudo uma confusão. Tem que ir, acrescenta, estão esperando por ela. O homem agora está de calças abotoadas; ela o olha de lado, é possível que tenha imaginado o que viu; é seu vizinho, quem suspeitaria que seu vizinho é um exibicionista? Talvez seja naquele momento que ele também a reconhece, e não antes.

– Vocês não estão ouvindo o que ela está dizendo? – pergunta aos agentes, apontando para ela. – Essa menina mora no meu bloco, só parei para cumprimentar.

– Ele tentou estuprá-la! Nós vimos!

O sabor metálico volta à boca de Rosa. É sangue, ela agora percebe, deve ter mordido a língua quando foi atingida. Limpa-se com o dorso da mão, espera que não seja notado à simples vista.

Os policiais explicam que ela pode fazer uma denúncia, nada vai acontecer com ela, insistem, mas é uma insistência fraca, relutante, porque eles mesmos entendem que é inútil, sendo vizinhos será difícil que o que aconteceu fique plasmado nos papéis. Diante deles, os meninos – muito jovens, bêbados, com o rosto muito vermelho e olhos desorbitados – se mostram exaltados, valentões. Insultam o homem: vagabundo, pervertido, gordo filho da puta. Tenho que ir, repete Rosa, mas ninguém a ouve.

Passou-se quanto tempo? Dez minutos, um quarto de hora? O relógio marca seis e quarenta e nove e ainda vai demorar mais dois ou três minutos a chegar, mesmo que saia voando. Pede permissão a um dos policiais para ir embora. Estão à minha espera, repete. O agente faz um gesto de desprezo com a mão. Vá embora, diz ele, se a senhorita está com tanta pressa. Pode ser a primeira vez em sua vida que a chamam de senhorita, mas para Rosa soa profundamente humilhante. Ela sai às pressas, sem correr. Nessas circunstâncias, correr equivaleria a admitir sua culpa, da qual ela já não tem mais dúvida. Pelas costas, ouve o vizinho resmungando, se defendendo. Ainda vão fustigá-lo por muito tempo.

A cena aconteceu em preto e branco; assim, ao menos, é como se lembrará mais tarde, banhada numa atmosfera leitosa, dramática e irreal. Um formigamento ainda entre as pernas, o eco da festa junto ao gosto de sangue nas gengivas. Apesar do perigo, Rosa já está a salvo. Martina esperou-a atrás da porta e quando abre se abstém de perguntar, agora o silêncio é indispensável, imprescindível, embora esteja zangada porque acredita que Rosa se esqueceu da hora e essa irresponsabilidade quase custa a pele de ambas. Andam pelo corredor na ponta dos pés, deitam-se sem trocar uma única palavra. Rosa adormece no mesmo instante, cai numa sonolência que não é exatamente sono, mas letargia. Talvez mais tarde, na manhã seguinte – ou seja, em apenas meia hora, porque já está amanhecendo –, ela despenque e chore, mas no momento se sente invulnerável, vitoriosa. O que aconteceu lhe parece até cômico. Cento e oitenta anos, pelo menos.

Ocasionalmente encontra o vizinho pelas escadas do bloco ou na padaria da esquina. Um dia ela o encontra no ônibus; outro, na clínica, com seu longo casaco xadrez, tão desproporcional. Ele desvia o olhar; ela, Rosa, faz o mesmo. A mulher do vizinho – também muito gorda, com minúsculos olhos incrustados nas órbitas, crítica e fofoqueira – torna-se, a princípio, seu objeto de atenção – o quanto ela sabe sobre a vida oculta do marido?, no que isso a afeta? –, depois Rosa se cansa de fazer perguntas; ela nada mais é que uma pobre mulher, pensa, deve ser difícil para ela se levantar todas as manhãs e seguir em frente. Os dois moram sozinhos, sem filhos, com a única companhia de uma tartaruga que passa o dia sonolenta no pátio interno do prédio, entre as samambaias. É possível que a tartaruga sobreviva a eles. Não só aos dois, seus vizinhos, mas também à própria Rosa, Martina, aos seus pais e irmãos. A todo o bloco.

Estranhamente, ela sente que estabeleceu uma cumplicidade natural com o homem do casaco. Não porque o perdoe pelo que fez, não porque o absolva, e sim porque há um rival maior acima deles, talvez o mesmo rival, mas com uma cara diferente. Ela também acumula mentiras e segredos. Nos últimos tempos, começou a cometer pequenos furtos – uma barra de chocolate no supermercado, um caderno na papelaria, uma pulseira de contas que uma colega de classe esqueceu no banheiro –, arriscando-se ao constrangimento público e ao escárnio. Por que faz isso? Não sabe. Tudo o que sabe é que também não é imaculada.

As pessoas que têm vidas duplas, as que sofrem debaixo da camada visível, as que são perseguidas por cometer atos desonrosos, as que levantam os braços para se proteger e esconder o rosto, essas têm sua compaixão conquistada de antemão.

O obsceno é uma categoria que, intuitivamente, Rosa reserva para outras coisas.

Aqui em sete fragmentos

Gambi

De todos os irmãos, o único com senso de humor era Aquilino, o caçula. Desinibido e ousado, Aqui não era fácil de derrotar. De natureza otimista, ele tendia a observar a realidade com distanciamento, entendendo que tudo era muito mais trivial e menos elevado do que o resto de sua família acreditava. Muitas vezes não entendia seus irmãos, sempre tão temerosos e oprimidos por... por quê?

Aqui tinha um grande talento para desenhar. Certa vez, aos seis anos, fez uma caricatura por impulso, sem ao menos conhecer o conceito de caricatura. Era um desenho de Gandhi, ao qual ele deu um corpo com umas pernas finas, uns gambitinhos. Totalmente reconhecível – a cabeça careca, os óculos redondos de metal e um indício de sári sobre o ombro... e aqueles gambitos –, a caricatura era acompanhada por uma legenda, letras tortas rabiscadas com marcadores coloridos, e o diminutivo: GAMBI.

Ele mostrou a Pai todo satisfeito e recebeu um bofetão no rosto.

Era uma demonstração indiscutível de inteligência: o jogo de palavras, a delicadeza do desenho, a graça instintiva. No entanto, recebeu aquele castigo.

– Não zombe desse homem – disse Pai. – Não vou permitir isso.

Aqui esfregou a bochecha. Bem, de seu modo infantil, entendeu que Pai havia se ofendido. Tudo bem, isso não afetava a qualidade de seu desenho, nem mesmo o afetava como artista. Ele não se sentiu mal, apenas uma ardência na pele. Pai nunca batera nele, era evidente que ambos haviam ultrapassado um limite, embora a fronteira do permitido não tivesse sido previamente delimitada. As causas? Agora eram o de menos. Aqui tinha inteligência suficiente para saber que devia pedir desculpas, e assim o fez, mas por trás da palavra *perdão* havia apenas um grande vazio.

Ao contrário de seus irmãos, Aqui distinguia entre o tamanho da falta e o do castigo, sabia que eles não tinham motivo para corresponder um ao outro e que, na verdade, quase nunca correspondiam. Você podia receber uma punição muito grande por uma falta pequena ou mesmo inexistente, e também o contrário: não receber nenhuma punição apesar de ter sido ruim ou muito ruim. Decidiu que deveria trabalhar nessa direção, a da sobrevivência por compensação.

Incapaz do ressentimento, do desejo de vingança, Aqui se concentrou em caminhar por uma linha reta, não se perdendo no desvio dos sentimentos desnecessários.

Por essa razão, ninguém jamais conseguiu dobrá-lo, nem um milímetro.

Galhos amarrados

No colégio, explicaram-lhe o poder da união social com a conhecida história dos galhos amarrados. Olhem, disse a professora: um único galho se parte facilmente. *Clac*. Todas as crianças comprovaram, as que estavam no fundo da sala de aula esticando a cabeça para ver por cima das que estavam na frente. Todos esses galhos, disse a professora mostrando um bom punhado, poderiam quebrar se os pegássemos *um a um*, não importa se são dez, cem, mil ou dez mil, seria só uma questão de tempo. Ela caminhou entre as carteiras com o punhado de galhos desordenados estendidos na palma da mão. Em seguida, subiu o tom de voz para realçar o final da história e disse: no entanto, se os juntarmos *todos* – e os amarrou com um cordão bem firme –, estão vendo?, ninguém jamais será capaz de parti-los. Verdade, verdade!, diziam alguns alunos, os inocentes e os bajuladores. A união faz a força, resumiu a professora, e isso vale para muitas situações, juntos somos mais poderosos que separados e, se nos aproximamos uns dos outros, ninguém de fora pode nos machucar. Uma menina levantou a mão. Disse que a mesma história, a mesmíssima história, havia sido contada por sua mãe para falar sobre a importância da família. Ela havia levado um galho para cada um de seus membros – pais, irmãos, avós, primos, tios e até o cachorro – e era verdade, não havia criatura que os partisse quando estavam amarrados. Aqui esperou a intervenção da companheira terminar para levantar a mão também. Quero fazer uma pergunta, disse. O que você quiser, Aquilino, a professora respondeu, já esperando por alguma. Os galhos que são espremidos no meio de todos não sufocam? A professora suspirou. O que você quer dizer, Aquilino? Você sabe muito bem que os galhos não respiram, então dificilmente podem sufocar. Aqui esboçou um sorrisinho sabichão. Mas é como se fossem pessoas, não é? Cada galho é como uma pessoa, era o que a gente tinha que imaginar, certo? Se são pessoas separadas, também são pessoas quando estão amarradas. Portanto, quem fica no meio carece de ar e... pode morrer. É uma forma de olhar para isso, Aquilino, admitiu a professora, uma forma peculiar. Fez uma anotação no caderno, ficou muito séria e mudou de assunto.

Advogado escolar

Um dia, disse a Pai que tinha *se fingido* de advogado na escola.

– Um advogado como você – disse.

Pai riu, pegou-o nos braços. Naquela época, Aqui devia ter uns oito ou nove anos, não mais. Era magrelinho, a pele muito branca, com enormes olhos escuros, cílios grossos e um magnetismo que não podia ser atribuído apenas à sua aparência.

– O que você quer dizer com advogado como você?

– Em defesa dos fracos – disse, triunfante.

Pai pediu todos os detalhes. Estava de fato interessado em saber.

Parece que um menino havia sido punido injustamente. A professora o flagrou com um desenho ferino escondido no livro didático. O desenho representava a professora, e era ferino por razões que Aqui não sabia explicar bem, mas que a ofenderam profundamente, a ponto de castigá-lo não lhe permitindo ir à excursão aos pinhais, que tinham planejado para a semana seguinte. Mas o desenho não tinha sido feito por aquele menino, e sim por seu colega de carteira, que era danado de ruim.

– Daqueles que sempre conseguem pôr a culpa nos outros. – Aqui classificava as pessoas por categorias.

Por que o menino acusado não defendeu sua inocência? Porque temia alguma vingança, claro. Seu companheiro era uma espécie de valentão.

– Geralmente acontece, geralmente acontece – refletiu Pai.

Aqui falou sozinho com a professora. Inventou uma desculpa para ir vê-la no recreio e, assim, evitar que houvesse testemunhas que pudessem abrir o bico para o danado de ruim. Explicou-lhe o erro que cometera castigando o menino inocente. Ele também explicou que, se revelasse toda a verdade sem tomar precauções, isso o colocaria em risco. Ao tomar precauções, ele quis dizer a ela que demonstrasse ter percebido o erro por si mesma.

– Uau, nossa, você pensou em tudo – parabenizou Pai.

Aqui tinha conseguido outro desenho feito pelo danado de ruim. Ele o tirou do lixo, era um rascunho. Dessa vez, não representava nenhum professor. Não representava, de fato, nenhuma pessoa, mas um dragão com cabeça de leão, uma quimera. Mas da forma como foi desenhado, não só pelos traços, mas também pelo tipo de caneta que o danado de ruim usou, dava para perceber que era obra da mesma pessoa.

– Você buscou provas judiciais. Isso é magnífico, Aquilino!

– Sim – disse Aqui. – A professora também me disse isso.

O resultado foi o desejado. A professora, muito cautelosa, chamou o danado de ruim de lado, desmascarou-o com as provas. O outro, vendo-se acuado, confessou. Para não correr perigo, a professora não retirou o castigo do primeiro até obter a confissão do segundo. Então, quem ficou sem ir para os pinhais foi o danado de ruim, o verdadeiro culpado.

– Estou muito orgulhoso de você – disse Pai. – Você deveria contar essa história aos seus irmãos, para ver se eles aprendem alguma coisa.

Aqui se agitou na cadeira onde estava sentado, abraçou os joelhos.

– Não terminei, papai.

– Ah, não? O que está faltando?

– A coisa dos *hororários*.

– O quê?

– Os *hororários*! Eu fiz como você, cobrei honestamente, para não ficar rico.

Pai se sobressaltou.

– Você cobrou de seu amigo?

– Bem, ele não é meu amigo, eu nunca brinco com ele. É apenas um colega de classe que estava com problemas. Eu fui advogado dele e ele me pagou, mas não muito.

– Ele te pagou?

Aqui já percebera que havia cometido um erro, mas não cogitou salvar a pele mentindo. Ponderou rapidamente e decidiu por onde escapar.

– Eu queria fazer o mesmo que você – disse ele. – Não queria ficar rico. Eu tinha pensado em dar os *hororários* para... os necessitados.

Enfiou as mãos no bolso do avental, tirou um punhado de moedas. Trocadinhos. Deixou-a sobre a mesa e, abraçando de novo as pernas, olhou para Pai muito sério, resoluto e sem pestanejar.

Pai sorriu para ele, recolheu o dinheiro, contou-o lentamente e colocou-o numa caixa de madeira.

– Vou levar para a *organização* no seu nome, o que você acha? – disse. – Eles vão ficar muito felizes.

– Que bom, papai.

– E agora, insisto, por que você não conta essa história para seus irmãos?

A caçada

Pai assinava a *Filosofia ou Morte*, uma revista trimestral de filosofia. Toda vez que recebia um exemplar, lia-o com atenção, anotando e resumindo para Mãe os artigos mais interessantes. Sentia-se, segundo ele, atraído pela abordagem laica da filosofia que a revista expunha, embora, acrescentava, fosse propagandística demais, um tantinho superficial ao abordar certos temas. Havia também outra coisa que para ele era imperdoável: o grande número de erratas, quando não de erros ortográficos, que infestavam as páginas. Ele se impunha a tarefa de caçá-los, ficando muito indignado cada vez que descobria algum. Os colaboradores da revista – antropólogos, historiadores, filósofos – eram falíveis. Se fossem realmente tão rigorosos, dizia ele, não escreveriam tão mal nem cometeriam tantos erros. O desleixo no manejo da linguagem representava negligência do pensamento. Em seguida, mencionava Wittgenstein e seu "Tractatus *fisiológico*".

Embora se esforçasse no escrutínio da *Filosofia ou Morte*, gostava também de caçar erratas no jornal local, em folhetos publicitários e até na folhinha paroquial, que recolhia *ex professo* à porta da igreja com o único propósito de criticá-la. Não só detectava os erros, como os corrigia, usando para isso uma caneta vermelha, como os professores da escola. A tarefa, que exigia grande concentração, ocupava-lhe muito tempo. Quando se enfiava em seu escritório com a porta fechada, absorto em seu trabalho, uma suave lufada de permissividade percorria a casa. Mãe relaxava e falava ao telefone a meia-voz. As crianças, sabendo que ela estava distraída, também podiam fazer das suas sem serem inspecionadas.

Um dia, Aqui bateu à porta do escritório, ofereceu-se para ajudar Pai na caça de erratas. Ele aceitou, não se sabe se de boa vontade ou não. Àquela altura, Aqui já tinha completado dez anos e não cometia mais erros ortográficos, coisa que não se podia dizer de seus irmãos, ainda emperrados na acentuação de ditongos e nos hiatos. Os dois se lançaram, cotovelo com cotovelo, cabeça com cabeça, a revisar o mesmo texto juntos. Quando Pai deixava escapar algum um erro ou quando corrigia o que não estava errado, Aqui o advertia com muito tato, como se fosse apenas um descuido. Pai fingia que tinha lhe estendido uma armadilha para pegá-lo; e ele, Aqui, fingia acreditar.

Ser coerentes

Não tiveram TV durante anos. Embora estivessem mais que acostumados, não deixava de ser uma anomalia em sua época e em seu ambiente. Apenas Martina, quando foi morar com eles, perguntou por que não tinham TV e até se atreveu a dizer que sentia falta dela, mas, como também sentia falta de coisas mais importantes, essa carência ficou em segundo plano. Quando subia com Rosa à casa de Clara, a vizinha do quarto andar, dava uma olhada nas novelas, e a isso se reduzia todo o seu contato com a tela: mais que suficiente. Tanto Pai quanto Mãe diziam que os programas de televisão eram muito ruins, para não falar dos filmes, e que para isso era preferível ir ao cineclube da associação dos vizinhos do bairro, onde também se arrecadavam fundos para as crianças da África. Eles foram lá três vezes, todos juntos; nas duas primeiras assistiram a filmes assustadores em preto e branco – num deles, uma mulher muito ruim alimentava sua irmã paralítica com um rato; no outro, um homem também muito mau era perseguido dentro dos esgotos de uma cidade depois de ser delatado por um gato; na terceira vez, viram uma estreia colorida em que um casal seminu ofegava na escuridão de uma abadia abandonada. Nunca mais voltaram.

Não se pode ansiar pelo que não se conhece, então o problema não era tanto não ter uma TV, mas admitir isso para os outros: aquela vergonha. Na escola, Damián, Rosa e Martina fingiam assistir aos mesmos programas que os outros, da mesma forma que fingiam ganhar presentes de aniversário e Natal.

Haviam aprendido a mentir com facilidade e prestavam muita atenção para não fazer comentários que pudessem delatá-los. Aqui, por outro lado, nunca se intimidou em dizer a verdade, pois qual era o problema? Por acaso a culpa era dele? Não era uma decisão sua, mas dos pais, e não devia ser tão grave ou tão estranha, já que eles não eram os únicos que diziam que a televisão era um lixo; a única diferença, afinal, era que seus pais eram coerentes. Como tinha um amigo muito tagarela, pedia-lhe que lhe contasse em detalhes o que via todas as noites em casa e assim, perguntando-lhe as minúcias, ficou sabendo da dinâmica dos concursos, as provas que continham, as roupas usadas pelos apresentadores, os nomes de muitos personagens de ficção, o enredo de desenhos animados e filmes de super-heróis, como era a música do noticiário, quais eram as piadas da moda e os humoristas mais famosos, em que consistiam os enredos dos filmes e algumas outras coisas que o amigo lhe sussurrava ao ouvido pois eram um pouco mais problemáticas de contar em voz alta.

Aqui teve acesso à televisão "audiodescrita" muito antes de essa possibilidade existir: sem complexos, com o orgulho intacto e os ouvidos bem abertos, ávido por um conhecimento que, ele pressentia, seria muito útil no futuro.

Frango com abacaxi

Não foi por causa de uma mudança no cardápio, sabe-se lá o que houve, ou seja, ninguém tinha como saber.

A questão foi que, pela primeira e última vez, Mãe cozinhou frango com abacaxi e Pai se recusou a comer um prato, segundo ele, tão *pretensioso*. A expressão de Mãe ao ouvir suas palavras mudou várias vezes em apenas alguns segundos:

primeiro um tique nervoso, depois o espanto e daí para a inquietação de não saber o que fazer, o servilismo e a fúria. A receita tinha sido tirada de uma revista; ela a folheara na casa de uma vizinha que cortava o cabelo em domicílio; por sugestão dessa vizinha, Mãe pintara os cabelos de uma cor mais clara que o habitual; a vizinha era desbocada e alegre e tinha uma tatuagem numa das coxas. Talvez o desprezo de Pai levasse em conta toda essa cadeia de fatores, juntos ou mesclados, quem sabe, era impossível saber.

– Bom, então você que prepare outra coisa – disse Mãe na defensiva.

Ah, claro, disse Pai, sem problemas. Ele se levantou e foi até a cozinha, onde o ouviram revirando os armários com muito alvoroço. Voltou com um pedaço de queijo e meio pão velho que cortou ali mesmo, sobre a mesa, ostensivamente, e comeu com relutância e sem dizer mais nada, enquanto os demais, com seu prato de frango fumegante e o aroma de molho de abacaxi envolvendo-os de culpabilidade, comiam devagar, com os olhos baixos e em silêncio. Só Aqui, saboreando a novidade e sem se alterar nem um pouco, devorou o prato com voracidade e até passou o molho num pedaço de pão que Pai tinha deixado.

– Posso pegar? – disse.

Mãe lançou-lhe um olhar fulminante e cheio de apreensão. Pai, por outro lado, deu o pão a ele sem se alterar.

A ave *félix*

As aulas tinham acabado de começar, talvez estivesse indo para o colégio havia uma ou duas semanas, quando Aqui, com nove anos, então ainda Aquilino, reuniu Mãe e

Pai para lhes dizer que seu nome seria encurtado. O verbo *reunir* pode soar exagerado para descrever o que aconteceu, considerando a pouca idade do menino, mas é a coisa mais próxima da verdade. Aqui não esperou os dois ficarem juntos, não aproveitou um momento específico nem buscou a melhor ocasião para começar a falar, como qualquer outra criança teria feito. Não. O que ele fez foi, primeiro, dizer a Mãe que queria explicar-lhe *algo*, e quando ela, preparando a massa dos croquetes, lhe disse para prosseguir, para explicar o que quer que fosse, esclareceu que ainda não, que precisava que Pai também estivesse presente e se, por favor, ela poderia chamá-lo. Graças a esse estranho poder de convencimento, levantando a vista da tarefa e cravando-a nos olhos escuros do filho, Mãe pediu-lhe que esperasse um segundo, lavou as mãos, limpou-as com um pano e foi ao escritório de Pai para chamá-lo. Interrompido em seu trabalho da tarde, sabendo que a razão dessa intromissão imperdoável era que Aqui queria dizer-lhes *algo*, Pai veio sem questionar, embora de cabeça erguida para que sua autoridade não vacilasse. Mais tarde, quando, sentados na sala – os adultos no sofá e o menino à sua frente, numa cadeira, com os pés pendurados por não chegarem ao chão –, souberam em que consistia aquele *algo*, sentiram-se enganados. Pai, contendo a decepção, disse-lhe que Aquilino era um nome muito especial e que não podia mudá-lo por capricho.

– O nome do meu avô era esse, já falei muitas vezes. Quando decidimos dar-lhe esse nome, juramos a nós mesmos que não permitiríamos que ninguém o estragasse com encurtamentos ou diminutivos. Nada de mudança: Aquilino, desse jeitinho, como seu bisavô. Um nome tão régio!

Muito melancólico, Pai lembrou-se de quem fora seu avô Aquilino, o único homem que o compreendera por completo, que verdadeiramente o criou, que lhe ofereceu os ensinamentos mais profícuos para seu futuro, o homem mais nobre, bondoso e sábio que existia, cujo relógio de bolso ainda guardava como um tesouro. Para Pai, passar de Aquilino para Aqui era uma afronta à memória de seu antepassado; quando se herda um nome, disse ele, compromete-se a cuidar dessa herança, é uma responsabilidade que deve ser encarada com o maior carinho.

Em seguida, Mãe, em tom mais persuasivo, acrescentou o que Aqui já sabia perfeitamente: que Aquilino é um nome que vem do latim e significa "águia", e que a águia é o símbolo do poder e da visão a longo prazo – basta ver como elas planam no ar, horas e horas sem descansar –, sem falar na relação delas com a fênix, que sempre ressurge das próprias cinzas com perseverança e capacidade de superação; então, perguntou entrecerrando os olhos, por que deveria encurtar um nome tão bonito e passar de águia dourada a um simples pardalzinho?

Aqui não entendia nada. Só vira o bisavô uma vez, num álbum de fotos: um velho magro, baixinho, com cabelos muito desgrenhados, sobrancelhas como vassouras e uma bengala à qual ele se agarrava como se fossem roubá-la. Quanto à história da ave *félix*, que lhe contaram tantas vezes, o que tinha a ver com ele? Seu mundo estava além daquelas lendas que só aparecem nos livros. Ouvia porque sabia que devia ouvir, mas nenhuma das razões dos pais o afetava. Sua determinação era firme e, embora pudesse extrair mais argumentos para defendê-la – o maior de todos sendo que não escolhera seu nome, aquela herança –, limitou-se a descrever o que estava acontecendo na escola.

– Eles gritam comigo no recreio, na saída. *Aquilino!* E depois: *pega no meu pepino!*

– Aquilino, pelo amor de Deus – disse Mãe.

– Mas todo dia é a mesma coisa! Eles não param. *Aquilino, pega no meu pepino!* Ou: *Quem é o Aquilino? Aquele que agarra meu pepino!*

– É uma blasfêmia – disse Pai. – Uma vulgaridade. Por favor, não repita mais isso.

– Eu sei, sinto muito. Mas é por isso. Não quero que aconteça mais. Quero me chamar Aqui. Quero que todos me chamem de Aqui. Que ninguém nunca mais me chame de… Aquilino.

Até ele achava difícil dizer, porque agora, na sala, o eco ressoava: *pepino, pepino, pepinoooo.*

Depois de alguns momentos de reflexão, Pai expressou sua opinião com respeito. Não desdenhou das motivações de Aqui nem zombou de sua preocupação. Pelo contrário, achou muito grave o que lhes dizia, mas considerou que aquela não era a maneira de resolver o problema.

– Seria como concordar com os baderneiros. Com os bandidos.

Aqui balançou os pés, sorveu o ranho e protestou.

– Não são baderneiros, papai. Nem mesmo bandidos. São as crianças da escola. Todas as crianças.

– Mesmo assim! Não podemos permitir esse tipo de ofensas, tais insultos! O que vem por aí? Que atirem pedras nos professores?

– Já atiram… Quando eles não estão olhando… Pequenininhas…

– Chega, Aquilino!

Pepino, pepino, pepinoooo.

O que devia ser feito, disse Pai – e Mãe assentiu –, era conversar com a professora que, como orientadora dele, tinha a obrigação de evitar agressões em sala de aula e proteger os alunos mais fracos dos mais fortes. Aqui disse que não eram agressões, que ninguém tinha batido nele, e Pai o corrigiu: agressões *verbais*, sim, como não? Aqui insistiu: não queria que a professora o defendesse; só queria encurtar seu nome, não apenas na escola, mas em todos os lugares e para sempre. Defendia sua postura com tranquila firmeza, pois nada o faria mudar de ideia; não vacilava, apenas procurava expressar sua convicção. Qualquer um que assistisse à conversa de fora – os pais sentados no sofá, irritados e inquietos, de frente para o pirralho, empoleirado na cadeira, que não demonstrava o menor indício de impaciência ou dúvida – teria entendido que a questão principal era que, para o próprio Aqui, seu nome soava pedante e arcaico, que entendia que os outros riam porque ele também teria rido se fosse outra criança. As zombarias recebidas tinham sido uma revelação, o acesso a uma verdade que até então lhe havia sido vedada. Seu nome continha um erro que não podia ser reparado, um defeito intrínseco. Era um absurdo buscar culpas e soluções além do próprio nome, mas ele tinha consciência de que aquilo, a rejeição ao seu nome, Pai não ia aprovar. Dizer-lhe às claras seria um ataque frontal ao seu senso de honra, à sua história, a si mesmo. Decidiu calar-se, mas não por medo, e sim por estratégia. Se necessário, ele demonstraria sua convicção de outra forma.

Ninguém sabe muito bem como ele conseguiu fugir da escola no dia seguinte. Possivelmente, aproveitou-se de um descuido do porteiro na hora do recreio e deslizou pelo portão dos fundos, que costumava ficar semiaberto e dava para um terreno árido e descampado, cheio de entulho, lixo e, naquela época, também seringas. Era preciso atravessar com cautela o terreno, contornando o que parecia ter sido um galpão e que então não passava de um resto de muro coberto de pichações. Depois de percorrer alguns metros, chegava-se a uma área residencial de blocos altos e, de lá, seguindo uma estradinha, a um parque público. Aqui havia preparado muito bem sua fuga. Levava provisões para alguns dias – três pães, meio *chorizo*, duas maçãs, uma banana, uma barra de chocolate e uma dúzia de tabletes de caldo de galinha para chupar; na verdade, a mochila estava cheia de comida e sem material escolar, embora houvesse outros objetos úteis para a sobrevivência, como uma faca, um pedaço de corda, caneta e papel, Band-Aid e sete pregos, além de escova de dentes, duas cuecas e um pedacinho de sabão em barra. Levava também todas as suas economias, com as quais – calculava – podia pegar o ônibus duas ou três vezes, comprar uns dois doces e fazer alguma chamada telefônica se as coisas ficassem feias. Escondeu-se entre alguns oleandros até deduzir que era a hora da saída da escola – não usava relógio, mas ouviu a barulheira, ao longe, das crianças que regressavam para casa. Começou a andar todo ereto, sem nunca mudar de direção, e passou por muitos lugares que não conhecia. Surpreendentemente, ninguém o deteve, ninguém lhe perguntou nada. Naquela época não era tão incomum ver crianças sozinhas na rua, elas eram enviadas a todo momento para fazer alguma tarefa na rua, e Aqui avançava com tanta segurança, tanta autoconfiança, que a última coisa que alguém poderia imaginar era que se tratava de uma criança que fugiu ou se perdeu. Não teve medo – nunca tinha medo –, não sentiu a menor hesitação. Eu sou como a ave *félix*, pensou. Aproveitou a caminhada como se fosse uma excursão, gostou de descobrir novos bairros, praças com fontes, uma rua muito comprida, cheia de vitrines, terraços movimentados e casas que lhe pareceram palácios, de tão grandes e belas. Entrou numa confeitaria, contou as moedas, fez as contas e comprou o doce com a melhor relação tamanho-preço: um bolinho suculento, recheado com creme amarelo, transbordando de chocolate pelos lados. Tinha de abrir bem a boca para comê-lo sem se sujar; depois, passou um bom tempo chupando os dedos.

Em casa, não deixara nenhum bilhete. Se tivesse escrito o que pretendia alcançar com a fuga, nunca teriam concordado. Pai jamais aceitaria tamanha chantagem, aquela demonstração de força. Preferiu fazer crer que não estava protestando, que não estava procurando nada ou aspirando a nada, mas que se sentia tão infeliz que, simplesmente, atordoado como se supõe que seja um menino de nove anos, decidiu fugir da escola, onde era tão torturado com agressões *verbais*. Como eles, seus pais, poderiam convencê-lo a voltar para casa? Com a sedução do nome. Não porque o pedisse, mas porque o ofereceriam como uma concessão: a misericórdia de pais generosos.

Houve um momento em que ele foi assaltado por uma visão luminosa e tentadora. Pensou – soube – que poderia continuar assim a vida toda, passeando e descobrindo novos lugares, decidindo sozinho o rumo de seus passos, por intuição e capricho, sem esperar por indicações, conselhos ou ordens. Mas, quando um homem o parou no meio de uma avenida movimentada e perguntou por que ele estava sozinho e onde morava, Aqui calculou que seus planos, àquela altura, já deviam ter dado certo e que talvez fosse hora de voltar. Esse mesmo senhor, muito gentil e preocupado, acompanhou-o em casa num táxi e o entregou a Mãe, que estava à beira de um ataque dos nervos – Pai, depois de apresentar queixa à polícia, procurava-o desesperadamente, e por isso não estava no momento da entrega. Antes de se despedir, o senhor contemplou Aqui com ternura. Não queria dizer nada que soasse como uma repreensão ou advertência, nenhuma lição. Era tão pequeno, tão adorável! Foi embora com a sensação de dever cumprido, ainda atônito. Pai chegou uma hora depois. Abraçou o filho meio chorando. Não houve broncas nem reprimendas, apenas uma agradável sensação de celebração no ar o resto do dia, e também nos dias seguintes, como um eco. Aqui tinha aparecido são e salvo.

Porque a partir daquele dia, é claro, Aqui deixou de se chamar Aquilino, salvo nos documentos oficiais, algo que, para ele, era perfeitamente tolerável.

A esta altura

— As coisas que estão acontecendo ultimamente... Sério, você não imagina. Escândalos, brigas, que isso, que aquilo... Mas eu vejo, ouço e fico calada. De qualquer maneira, a quem eu ia contar? Você vem tão pouco!

— Ah, tá. Então você sente minha falta porque não tem com quem fofocar.

— Quem falou de *fofocar*?

— Escândalos, brigas... A matéria-prima da fofoca, não é mesmo?

— Aff, você é impossível!

Clara fumava na entrada da cozinha, jogando a cabeça para trás para soltar a fumaça no corredor. Usava o cabelo bem curto, com franja reta, e uma fileira de argolas prateadas numa das orelhas. Apoiada no batente da porta, com suas belas olheiras violáceas, as roupas pretas e o rosto muito pálido, ela parecia mais velha do que era. Justamente era o que sua mãe tinha acabado de lhe dizer assim que a viu, que achava que ela estava pior, mais feia e até mais envelhecida.

— Como você quer que eu venha, se você não para de me criticar?

— Criticar você? Não é o contrário?

Uma luz leitosa e desbotada atravessava o pátio interno. De costas para ela, a mãe estava mexendo um ensopado na panela. Frango com legumes e muitas especiarias misturadas a olho. O cheiro picante invadia a casa. Também o som da TV, embora ninguém estivesse assistindo.

– Ok, mami, e o que foi que aconteceu? Você não vai me dizer?

– Ah, nada que lhe interesse. Você não gosta de fofoca.

– Vamos lá, não seja rancorosa. Me conte.

– Ah, agora você quer saber? Vamos ver! – Virou-se com ironia, cravou o olhar nela. – Ai, Deus, nunca me acostumo a ver você com essas argolas.

– Você não gosta delas?

– Não! Que obsessão você tem agora por tantos furos. Suas orelhas não são mais suficientes, não. Agora também o nariz, a língua e as sobrancelhas… Toda a loja de ferragens no seu corpo, credo.

– E mais lugares, mami, mais lugares que a gente perfura.

– Nem me diga.

Clara riu.

– Quem te viu, quem te vê. Você que foi sempre tão moderna… Ou você quer que eu te lembre da sua tatuagem na…?

A mãe também começou a rir, com gosto. Moderna? Sim, era verdade que tinha sido. Clara, quando criança, sempre escutava, embora com um tom acusatório. Sua mãe é muito moderna, lhe diziam, e na verdade soava: *moderna demais*. Falavam por tudo e por nada. Porque se vestia com ousadia e pintava as unhas dos pés. Porque se divorciara duas vezes e montou um salão de cabeleireira em casa, onde vinham clientes de outros bairros. Porque se deitava numa espreguiçadeira do telhado comunitário para ler romances, bronzear-se e fumar. Porque quando ia ao cinema deixava Clara com qualquer um, sua única filha, aquela menina desobediente e respondona por falta de mão forte. Tagarela e extravagante, a mãe de Clara falava inocentemente com quem quer que fosse, sem perceber que estava sendo criticada pelas costas. Quando criança, Clara sentia vergonha alheia, mas também a imperiosa necessidade de defendê-la. Agora, Clara não só não tinha vergonha da mãe, mas, em grande medida, a admirava. Havia se desviado de muitas rasteiras e obstáculos, e o fizera sem alarde, como se fosse por instinto. Te reverencio, querida mamãe, pensava com frequência, embora isso não a impedisse de se irritar com seu jeito de falar, dando voltas e voltas, divagando e repetindo-se.

Agora, enquanto provava o ensopado e tirava o avental, mencionava os vizinhos do segundo andar como se Clara não os conhecesse bem.

– Mami, a Rosa era minha amiga, não lembra?

– Sim, sim.

Mas continuou. Rosa teve um filho inesperadamente, informou-lhe. Uma menina, corrigiu-se depois, um lindo bebê de que a princípio os avós cuidavam para a filha, até que finalmente tomou juízo e o levou embora. Todos os filhos já tinham ido viver sua vida, cada um para o seu lado – cada coruja no seu ninho, ela disse –, e agora só restava o casal, aquele homem tão-tão-tão amável, tão elegante, e sua esposa, que era como uma cabra ou uma vaca, dependendo de como se olhasse.

– Só te digo que um dia ela quis chamar a polícia porque eu tinha usado um pedaço do varal dela. Chamar a polícia por isso! Por estender roupa no varal dela! Ainda bem que o marido interveio.

– Sim, eu conheço a história.

Ah, mas tinham acontecido muito mais coisas que Clara não sabia. Nos últimos meses, a mulher havia se tornado impossível. Jogava lixo no pátio interno e falava sozinha. Certa noite, saiu para a rua de camisola e começou a cantar aos gritos. E estava ficando muito mal-educada, muito grosseira. Dizia cada coisa!

— Eu me pergunto o que esse homem ainda está fazendo com ela. Eles não combinam em nada, e olhe para eles, estão casados a vida toda. Enfim. O casamento é um lugar misterioso, bem sei eu, com meus dois divórcios nas costas...

E começou a falar sobre seus divórcios.

— Mami, quer fazer o favor de não perder o foco?

— Foco? Você acha que estou sem foco?

— Eu não disse isso. Mas você começa a embaralhar tudo, não consegue contar uma história do começo ao fim sem fazer um monte de rodeios. Você faz de tudo uma bagunça.

— Eu não faço rodeios — respondeu ela, muito ofendida. — Estou esclarecendo os dados, explicando-os à medida que vão acontecendo. Se eu os pusesse um após o outro, sem mais nem menos, você não ia entender nada. O que você chama de rodeios eu chamo de cerne da história. E acho que me interromper também não ajuda muito. Agora vou ter que recomeçar do início.

Puseram a mesa em silêncio. A toalha de mesa xadrez, guardanapos coloridos, dois jogos de talheres, dois copos Duralex, o jarro de água. A panela no meio, uma concha e dois pratos para servir ali mesmo. A mãe ainda estava ofendida, mas Clara sabia que assim que se sentassem aquilo passaria e ela continuaria a história. O que ela mais gostava no mundo, de longe, era observar, inventar e narrar, aquela mistura explosiva.

— Bem, o que aconteceu agora com os vizinhos?

— O que aconteceu? Está vendo como no fim você quer saber?

Clara não queria saber, mas disse:

— Desembucha.

— Na outra noite, ela fez um escândalo. Você não imagina os gritos que dava. Ele nem abria a boca. Só a mulher, cheia de insultos e perdendo as estribeiras, dizia barbaridades que até para mim eram assustadoras, e olhe que eu já ouvi de tudo na minha vida. E então veio um tremendo ruído de coisas quebradas, pratos ou algo assim, os vidros virando cacos, e o barulho de bater na parede e alguém jogando móveis no chão. – Ela suspirou contrariada e ficou vendo a filha comer. – Como está o frango? Por mais que eu tente, nunca consigo deixar no ponto.

– Está bom. Mas, olhe só, ninguém pensou em ir lá ajudar?

– Até parece, menina! Nem dava para se intrometer…

A única coisa que poderia ser feita, segundo ela, era avisar as autoridades. Que no fim não foi necessário, porque o que chegou foi uma ambulância. E então souberam que o marido havia chamado, transtornado com a situação.

– Para levá-la, tiveram que sedá-la. Uma crise nervosa, parece. Pobre homem.

– E não pobre mulher?

– Não estou dizendo que não sinto pena dela, mas tenho mais pena dele. Percebe-se que ele está esgotado, como se não tivesse forças. Ela cada dia mais gorda, e ele cada dia mais magro.

Clara ficou pensativa. Que estranha fixação sua mãe tinha por aquele vizinho. Sempre desconfiara que ela gostava um pouco dele, furtivamente. Sem dúvida, ela o considerava um homem atraente, muito diferente daqueles que lhe couberam na sorte. É lógico que Clara tinha outra opinião sobre aquele assunto.

– Fiquei pensando que eu podia levar um prato de comida para ele de vez em quando – disse então a mãe. – Sabe, algo simples, que não faça com que ele se sinta mal. Por exemplo, se eu cozinho um ensopado assim, tiro um pouco e levo uma tigelinha para ele. Sei que não sou uma boa cozinheira, mas, agora que ela está internada, vai saber o que ele come, se é que come alguma coisa.

Clara engasgou ao ouvi-la.

– Mãe, pelo amor de Deus, não faça isso. Que vergonha. O que te importa se aquele homem come ou não?

– Ele é sempre tão gentil comigo!

– Ele tem duas mãozinhas para cozinhar para si mesmo, não é?

Se soubesse que… Ah, mas como dizer isso? A mera ideia de sua mãe descendo para levar ensopados para o homem a enfurecia. Olhou para ela de soslaio. Os cabelos macios e bem cuidados, penteados com ondas um pouco artificiais. A pele com manchas, castigo divino por todo o sol que ela tomou seminua em sua juventude. Os olhos irritados por abusar das lentes de contato. Ela era vaidosa, mas ao mesmo tempo mostrava uma orgulhosa despreocupação por sua aparência. Quem gostasse bem, e quem não gostasse amém.

– Pois eu acho que é uma boa ideia – disse com dignidade. – Os vizinhos têm que se ajudar. E estou surpresa que você se espante com a ideia. Eu não te eduquei para ser tão egoísta.

Levantou-se para tirar a mesa. Clara viu que lhe tremiam as mãos, rachadas e secas, mas com as unhas feitas. A princípio, pensou que era por causa da conversa, mas depois percebeu que havia outro motivo. Algo no corpo de sua mãe estava se desgastando e parecia desfocado, embaçado.

– Mãe, você está bem?

– Sim, claro. Mas a gente passa tão pouco tempo juntas, não vamos ficar discutindo, está bem? Vou fazer café.

– Estou falando de outra coisa. Você ficou doente, está doendo alguma coisa?

– Eu? Imagina, o que você está dizendo? Eu estou novinha em folha. Depois vou mostrar umas roupinhas que comprei. Na minha idade ainda fico bem nas roupas. Nunca estive tão bem, sério.

Um dia, muitos anos antes, na entrada do prédio, Clara cruzara com Damián, que devia ter uns treze anos na época. Um menino grande que se comportava como uma criancinha, desajeitado, com os lábios entreabertos, o olhar baixo e as mãos inquietas, que não sabia onde enfiar. Uma criança entre duas idades, que tinha crescido mais que a conta, mas ainda não tinha se desenvolvido completamente, como se dizia naquela época. Alto, gordinho, fofucho, não formado de todo. A sombra do bigode aparecendo sobre a boca indecisa. A risca do cabelo de lado, talvez feita pela mãe. O aroma da colônia Nenuco. Meias brancas e sapatos grossos de cordão, como os ortopédicos. O saco de pano que carregava pendurado no braço estava cheio de pães. Um deles estava sem o bico. O guloso, pensou Clara, não sabe se conter.

Damián afastou-se e cumprimentou-a timidamente. Em vez de responder, ela pensou em lhe pregar uma peça.

– Ei, eu tenho uma coisa sua na minha casa.

Damián titubeou.

– Uma coisa? O quê?

– Não sei te dizer. Uma coisa. Melhor subir e pegar. Ou você prefere que eu desça com ela?

– Mas o que é? Que coisa?

Clara apreciava esse tipo de jogos. Jogos distorcidos, até cruéis, para testar as pessoas. Ela fazia experimentos com as pessoas ao seu redor. Adorava ver suas reações, levá-las ao limite. Era uma menina má. Não travessa: má. Às vezes, se a situação se distorcia ou saía do controle, ela se sentia culpada, mas a tentação de torturar estava sempre presente, como uma pulsação.

– Não posso te dizer!

– Mas por que você está com essa coisa? Foi a Rosa que te deu?

– Foi a Rosa, sim.

Todo tipo de expressão passou pelo rosto de Damián: curiosidade, dúvida, inquietação, constrangimento e medo. No que ele estaria pensando?, Clara se perguntou, maliciosa. Com treze anos os meninos já escondem segredos desonrosos e obscuros, manchas particulares, fraquezas. Desorientá-los era muito fácil. Como encurralar uma barata, uma vassourada aqui, outra ali, com a diferença de que as baratas costumam ser mais espertas e se esgueirar melhor. Damián olhava para ela com seus olhos azuis redondos, sem entender. Clara se aproximou, puxou-lhe a manga.

– Venha, venha e eu vou te dar.

Não havia necessidade de insistir muito mais. Damián a seguiu docilmente pelas escadas, sem fazer a tentativa de parar em sua casa para deixar o saco de pães. Clara abriu com a própria chave; sua mãe, disse, tinha ido para a ioga. Ficar sozinha era algo a que ela já não dava mais valor, estava mais que acostumada. Podia ver televisão até se cansar. Fazer macarrão e depois deixar a cozinha bagunçada. Experimentar as roupas da mãe e se maquiar com seus batons e pós. Brincar com secadores de cabelo, com os bobes e as pinças. Nem todas as crianças de sua idade tinham esses privilégios. Era o que ela mais gostava: saber que possuía algo que o resto não tinha.

– Você sabe o que é ioga? Não? Eu imaginava. – Ela baixou a voz, agarrou Damián pelo braço. – Uma espécie de religião que se pratica em grupo, com o corpo. Os que vão se reúnem e se jogam no chão. Fazem posturas estranhas, dobram-se e enrolam-se como serpentes. Veem espíritos. E falam com eles, em línguas muito raras.

Damián fechou os olhos.

– Bem, você vai me dar alguma coisa?

– É verdade! Agorinha mesmo!

Ela caminhou pelo corredor cantarolando. Onde eu enfiei a coisinha, onde eu enfiei?, dizia. Agora não me lembro! Parava na frente de todos os cômodos. Será aqui? Eles entravam e ela continuava com seu teatro: aqui não, vamos continuar procurando em outro lugar. Um formigamento de prazer a percorria de cima a baixo: o prazer da zombaria.

Damián a seguia de perto, quase colado a ela.

– Diz a verdade. Você não tem nada, né?

– Como não? Ainda nem terminamos de procurar! Temos que olhar nos armários… debaixo das camas… nas gavetas… atrás da cortina do chuveiro… Pode estar em qualquer lugar!

Atordoado, Damián parou no meio do corredor, ignorando a mão de Clara, que o puxava, resistindo sem vontade, por pura paralisia. Mordia os lábios como se estivesse diante de uma grande decisão.

– Diga-me a verdade – implorou.

– A verdade? Ok. Vou te contar. Mas primeiro vou te mostrar meus tesouros. Minhas coleções. Você nem imagina do que minhas coleções são feitas. Minhas amigas têm nojo, mas eu acho que elas são incríveis. Não quer vê-las?

– Por favor… Eu tenho que descer agora. Estão me esperando.

Clara sentiu o cheiro do medo de Damián. Considerou, com satisfação, que se tratava de um medo desproporcional e ridículo: o medo de um covarde.

– Que cagão.

– Se me disser o que procuramos, fico satisfeito.

– Só vou te contar se você for ver minhas coleções.

– Você está zombando de mim. Você não tem nada.

Clara riu.

– Ah, sim? Como você tem tanta certeza? Vamos apostar que eu tenho uma coisa sua? Uma coisa, além disso, que você morreria de vergonha se os outros vissem? Vamos lá, vamos apostar. O que você sabe jogar? Xadrez, damas? Vamos jogar um jogo de cartas? Rouba-monte? Uno? Se você ganhar, eu te devolvo o que é seu. Mas, se eu ganhar, mostro para todo mundo.

– Não posso. Vou me meter em confusão se meus pais descobrirem que eu subi aqui.

– Por quê? Você não pode se divertir nem por um minuto? Cagão, cagão, cagão! Medrosinho. Vou descer agora mesmo e conversar com eles. Eu explico tudo.

O peito de Damián subia e baixava. Encostou-se à parede, desvanecido, quase a ponto de cair de joelhos. Em seus lábios entreabertos brilhava um traço de saliva. A saliva do tolo, pensou Clara, do imbecil. Continuou com a matraca aberta. Tagarela, sádica.

– Damián tem medo que o pai e a mãe batam nele com os chinelos! Que batam nessa bunda gorda que ele tem! Pobre Damián, ele é como um menino pequeno, um nenezinho, buhhhh!

Foi dizer tudo isso e se ver depois, sem transição, no chão, deitada de mau jeito sobre uma perna dobrada, com a cabeça dolorida do golpe. Quase não teve tempo de entender o que tinha acontecido. Damián a contemplava do alto com desespero e fúria, com os punhos cerrados. Clara se sacudiu, tentou se levantar. Quando conseguiu, ele já tinha saído correndo. Deixou a porta aberta. Clara ouviu seus passos descendo as escadas, correndo, a respiração ofegante. Enxugou as lágrimas, mais de surpresa que de dor. Sua garganta estava queimando. No chão estava o saco de pão; as baguetes se espalhavam pelo corredor. Damián não voltou para pegá-las.

Clara passou o dia seguinte vagando. Era verão e não havia aula, os dias estavam ficando mais longos e o remorso cobria todas as horas. Sua mãe, por outro lado, estava muito ocupada. Atendeu quatro clientes, uma atrás da outra. Secador, pinças, tintas e mechas. Histórias inventadas ou reais, de umas e de outras. Clara adorava sentar e ouvir, mergulhando de cabeça naquele mundo de calor artificial e produtos químicos. Mas dessa vez nada disso a entretinha. Começou a mexer nos cestos com potes, a tirá-los e a colocá-los de volta no lugar. A mãe olhou-a de soslaio. Mais tarde, quando ficaram sozinhas, perguntou o que estava acontecendo.

— Ontem à tarde veio o menino do segundo andar, o mais velho. E eu fiz uma brincadeira muito pesada com ele. Agora me sinto mal.

A mãe remexeu seus cabelos, pensativa.

— Isso conta pontos para você, se sentir mal. Mas não é suficiente. Você tem que descer e pedir desculpas.

— Tenho vergonha.

— Você nunca precisa ter vergonha de pedir desculpas.

— Mas eu tenho.

— Então talvez não seja vergonha, mas orgulho.

Quando a mãe falava assim, com essa firme serenidade, Clara sabia que o assunto era sério.

— É que… é que eu tenho… a sacola de pão dele está aqui – choramingou. – Ele a deixou, sem perceber. As baguetes já estão duras, estão guardadas no meu quarto. E eu não sei o que fazer, se devolvo assim, duras, ou compro outras baguetes, ou o quê.

— Não se preocupe com o pão, isso não importa. Pão duro é só pão duro. Mas desça e converse com ele. Depois você vai se sentir muito melhor, você vai ver como ele te perdoa. Nessa família todos são muito educados. E eu quero que você também seja.

Clara foi tomada por uma timidez incomum. Ela, que era tão corajosa para outras coisas, seria obrigada a descer até aquela casa. Bater à porta, modular a voz e atuar. Já tinha estado lá antes e era muito desconfortável. Tanta cortesia e tantas perguntas. A sensação de estar sendo observada, de sempre ter um olhar cravado na nuca, mesmo que não houvesse ninguém por trás. Clara preferia que Rosa subisse para brincar. No andar de baixo, sentia-se constrangida. No entanto, era difícil explicar o motivo para um adulto. Ela não teria sido capaz de fazê-lo.

Sua mãe gentilmente a empurrou para a porta. Clara desceu as escadas devagar. Lembrou-se dos passos de Damián na tarde anterior. Apressados, descendo de dois em dois degraus, atropelados. Seu estômago se contorceu. Tomou consciência de seus pés sujos, das unhas compridas despontando pelos chinelos cor-de-rosa, e sentiu vontade de chorar. Pensou em subir as escadas para se lavar. Mas era tarde demais. Já estava no segundo andar. Melhor bater e terminar quanto antes.

Receberam-na e gentilmente a fizeram entrar. A mãe foi quem abriu, mas o pai saiu logo depois do escritório, como um animal de sua toca, e não abandonou mais a cena. Em voz muito baixa, Clara pediu permissão para falar com Damián, se ele estivesse em casa, claro. Estava, estava, sim. Acompanharam-na até a salinha, um cômodo muito austero, quase despojado de móveis. O traçado do piso era idêntico ao do seu, mas era necessário fazer um esforço para reconhecê-lo. Talvez tudo estivesse mais limpo e arrumado, mas não era mais claro, e sim mais escuro, com menos cor, mais opressivo. Clara preferia a miscelânea decorativa da mãe, os tapetes velhos e as almofadas estampadas, os quadrinhos que cobriam as paredes para disfarçar imperfeições e as figuras por toda parte cobertas de poeira. Disseram-lhe para se sentar no sofá, enquanto Damián, sentado à mesa de jantar com seus cadernos escolares, olhava para ela com olhos cautelosos. Estavam também todos os outros: Rosa, o irmãozinho, a mãe, o pai. Se Clara tinha pensado em conversar sozinha com Damián, se desiludiu naquele momento. Toda a família a observava com expectativa. Um leve sorriso marcava a expressão do pai, parado num canto. O rádio estava sintonizado num canal de música clássica. O locutor anunciou: *Peça número 3, balada, allegro enérgico em sol menor, das seis peças para piano "Opus 118" de Johannes Brahms, compostas em 1893.* Clara considerou inadequado interromper o locutor. Sobre ela caiu todo o peso da cerimônia. Houve um silêncio profundo até que a música começou a tocar.

Mas como falar, o que dizer? No rosto de Damián havia um lampejo de espanto. Tinha medo de que o delatasse? O que seus pais sabiam sobre o que acontecera? Teve de lhes explicar alguma coisa quando desceu sem a sacola de pão? O que esperavam dela? O que era conveniente? Engoliu em seco e topou outra vez com o olhar questionador dos pais. O dele, mais amável; o dela, um pouco torto, como que desconfiada.

– Damián – começou por fim –, quero pedir desculpas por ontem.

Incomodada, ela se dirigiu aos outros para se explicar.

– Fui mal-educada com ele e não o deixei ir embora, embora ele me dissesse que tinha pressa. Eu me comportei muito mal e, por minha causa, bem... ele esqueceu isso na minha casa. – Ela estendeu a sacola de pano, que até então carregava na mão feito uma bola amassada.

Todos continuavam calados, esperando. Ela se viu obrigada a continuar. Olhou para Damián para reunir forças.

– Se... se você me perdoar, não vou fazer de novo. Quero dizer, eu não vou fazer isso de novo de qualquer maneira, quer me perdoe ou não, mas espero que você me perdoe.

O pai respondeu em nome do filho.

– Claro que ele perdoa. O rancor é um sentimento que deve ser extirpado do nosso coração, como as ervas daninhas. Gandhi dizia: "Não deixe o sol morrer sem que seus rancores morram primeiro". O que você acha que isso significa, Clara?

– Que o sol é importante...

O pai olhou para ela com seriedade. Levantou um dedo, admonitório.

– Não. Que temos de nos livrar do rancor o mais rapidamente possível. Se nos fizerem alguma coisa de manhã, por exemplo, antes do anoitecer já devemos ter perdoado.

– E se fizerem isso conosco à noite? Há prazo até o dia seguinte? – perguntou o irmãozinho.

– Não, meu querido. Não se trata de prazos. O que importa é a ideia, o conceito.

Clara assentiu ostensivamente, dando a entender que havia compreendido.

– É por isso que o Damián não vai te perdoar agora. É que ele já te perdoou ontem. Certo, Damián?

– Sim, papai.

– De qualquer maneira, que bom que você veio – interveio a mãe. – Foi sua mãe que te pediu?

– O quê? Minha mãe? Não. Sim.

– Bem, agradeça a ela por mim, ok?

– Sim.

– Você gosta de aspargos?

– O quê?

– Comprei um maço enorme, do tipo trigueiro, tenho muito. Leve metade para sua mãe. Venha comigo até a cozinha que eu te dou.

Clara seguiu-a em silêncio, como que hipnotizada. Naquele momento, ela teria feito qualquer coisa que lhe fosse pedida, por mais estranha que fosse. Voltou para casa com os aspargos trigueiros na mão e a sensação de ter cumprido apenas metade da tarefa. Parecia que não tinha feito nenhum favor a Damián. Ele a dispensara com seus olhos de peixe, sem pestanejar. Talvez o tivesse metido em mais problemas, talvez agora o estivessem interrogando para saber a verdadeira história, que não se encaixava com a que ele teria contado no dia anterior. Mas, para a mãe, Clara disse que tudo tinha corrido perfeitamente. O pai lhe mostrara uma citação muito simpática de um homem muito sábio. Algo assim como todos os dias, antes de dormir, você tem que perdoar todo mundo. Sua mãe pegou os aspargos e delicadamente os enfiou num copo de água, como se fossem flores.

– Para uma tortilha – disse. – Que homem mais agradável, que gentileza!

Clara não lhe disse que eram um presente da mãe. Teve vergonha de falar isso. Uma vergonha inexplicável e misteriosa. A vontade de não mexer mais nas coisas, já muito confusas para ela.

Sentaram-se em frente à TV, sem vê-la. Clara tinha levado doces, aqueles rolinhos de massa folhada recheados de creme e polvilhados com açúcar de que a mãe tanto gostava, mas ela, que normalmente era bem capaz de comer três ou quatro seguidos, só mordiscou um, distraída. Com a pulga atrás da orelha, Clara a escutava falar – ainda! – sobre os vizinhos.

– Eu nem vejo mais os filhos. Eles vêm uma vez em nunca, assim como você.

– Pesado, hein?

– Nem pesado nem pesada. As coisas são assim mesmo. Não digo que não se importem, porque não são maus, nunca foram. Pelo contrário, eram crianças adoráveis. O mais velho, muito calado, sim. E a Rosa, sua amiga, um pouquinho peculiar, como se estivesse sempre zangada. Lindíssima, por sinal. Depois, havia a Martina, a adotada, que era muito mais simpática, porém mais feiinha. Tinham quase a mesma idade, né?

– Sim. A Martina era um ano mais velha, acho.

– E o menino, o Aquilino, que safadinho que ele era. Saiu o mais esperto de todos. Ouvi dizer que está indo muito bem. Esse puxou ao pai.

– Porque a mãe é uma tonta, claro.

– Estudos, até onde eu sei, ela não tem.

Clara bufou.

– Mami, sério, não percebe que está repetindo com as outras mulheres o que antes elas faziam com você?

– Repetir o quê? Não te entendo.

E era verdade que não entendia. Como lhe explicar isso? Clara decidiu não falar nada enquanto a mãe, batendo sempre na mesma tecla, insistia no assunto das tigelas de comida.

– Olhe, é questão de justiça. Você não pode imaginar o quão correto aquele homem sempre foi comigo.

– Você já me contou.

– Um dia, do nada, ele me deu um álbum de música clássica. Me disse que sabia que eu gostava de música, queria ver o que eu achava daquele disco.

– Oh, um disco, olha só que maravilha.

– Ele também me emprestou alguns livros, porque me viu lendo no telhado. Livros melhores do que os que eu lia, mais complicados, mas ele achava que eu conseguiria entender. Eu amei isto, realmente, que ele não tenha me menosprezado.

– Á-hã.

– E, quando ele me viu fazendo uma fezinha, me perguntou se estávamos precisando de dinheiro. Me disse para não hesitar em pedir sua ajuda quando necessário. Felizmente não foi necessário, mas que gesto, né? Nem todo mundo faz isso.

– Claro que não. Olha, e ele ainda é tão generoso?

– Bem, agora a gente conversa menos, mas, ainda assim, quando nos encontramos, ele me pergunta sobre você, me ajuda a carregar as sacolas se eu estiver voltando das compras. Já te disse, ele é um homem encantador.

Clara ia ter um treco se não falasse.

– Bom, nem sempre foi tão encantador. O Damián me disse que o obrigou a jogar todos os seus quadrinhos no lixo. O pobre comprava as revistinhas com seu dinheiro, lia em segredo e depois escondia tudo no depósito, em caixas de anotações velhas. Mas o pai encontrou os quadrinhos e obrigou o Damián a rasgar tudo. Ele mesmo teve que fazer isso, página por página, e depois jogar na lixeira, sem questionar. Seus próprios quadrinhos, toda a sua coleção. Tudo porque o pai dizia que os super-heróis eram violentos e pornográficos. Que difundiam valores nefastos ou sei lá o quê. Disse que não estava fazendo aquilo como castigo. Foi um ensinamento.

– Mas você tem certeza de que foi assim mesmo? Acho difícil de acreditar, realmente. Ele sempre foi um homem muito respeitoso. Muito pacífico. Nunca uma palavra mais alta que a outra. Não consigo imaginá-lo rasgando nada.

– Não foi ele que rasgou. Ele mandou o Damián rasgar.

– Sei lá, vai saber. Talvez o menino passasse o dia inteiro lendo e não estudava. Ou talvez seja verdade que eram quadrinhos nojentos, pode ser. Você tem que ver toda a situação para julgar.

– Ele não era criança, mami. Já era adulto quando isso aconteceu. Eram os quadrinhos dele, o Damián gostava deles. Não, não é que gostasse. Ficava louco com eles, entendeu?

Era apaixonado por aqueles quadrinhos. E *ele mesmo* teve que rasgá-los. O pai não queria que ninguém os resgatasse do lixo. Pensava que era melhor destruir tudo.

— E ele mesmo te disse isso? Eu achava que depois de adulta você não tivesse mais relação com nenhum deles, nem com a Rosa.

— Com o Damián, sim. Nos víamos bastante, ainda que meio em segredo, porque ele não queria que os pais soubessem. Eu nunca te contei. Ai, mami, tem tanta coisa que você não sabe...

Desde o dia em que desceu para pedir perdão, não falou mais com ele. Claro, se encontraram muitas vezes na entrada do prédio, nas escadas do bloco ou nas lojas do bairro, fazendo alguma coisa. Se ela batia de frente com ele, Damián a cumprimentava com brusquidão, mas, se pudesse evitá-la, se fazia de desentendido. Clara acreditava que ele ainda estava com raiva, que nunca a havia perdoado, não tanto pela brincadeira que tinha feito com ele, mas por ter descido mais tarde para humilhá-lo na frente de sua família.

Rosa também parou de subir para brincar. Talvez esse vazio estivesse relacionado ao que aconteceu. Ou talvez o motivo tenha sido a chegada de Martina, a irmã adotiva, que a substituiu em seu papel de companheira de brincadeiras. Clara habituou-se à ideia de que aquela família, a do segundo andar, era *estranha*. Sua relação com eles se resumiu a dizer olá e adeus e pouco mais que isso. E era verdade: só ele, o pai, parava para perguntar como estavam ou fazia algum comentário cortês sobre o tempo. Ele inclinava um pouco a cabeça e sorria, magnânimo.

Anos depois, quando Clara foi contratada no centro comercial, começou a encontrar Damián no ônibus. Os dois tinham horários parecidos, embora ele descesse dois pontos antes, no campus universitário. Foi ela quem se aproximou para conversar pela primeira vez, espontaneamente. Por curiosidade, por necessidade de expiação, por tédio, por uma mistura de tudo isso. Damián ficou intimidado no início, mas logo relaxou. Se deram muito bem, como se tivessem acabado de se conhecer. Na verdade, tudo era muito novo entre os dois. Clara agora estava mais madura, mais doce. Aquela pitada de insolência e velhacaria que ainda lhe saía às vezes era aplacada na presença de Damián. Por sua vez, ele mostrava um fino senso de humor, sarcástico e inteligente, que Clara não imaginava. Sob sua aparência bastante insignificante, Damián agora parecia irresistivelmente engraçado. Sua leve gagueira. A maneira de virar a cabeça quando a ouvia. O andar desajeitado. Ele tinha uma timidez brilhante e encantadora, que não causava graça, e sim inveja.

O trajeto foi ficando tão curto que eles combinaram de ir a pé. O caminho era longo – quarenta minutos no caso de Damián e quase uma hora no dela – mas eles passavam conversando e também economizavam o dinheiro do ônibus. Foi quando Damián pediu que ela não dissesse nada. Não queria que seus pais lhe fizessem perguntas, disse ele. Perguntas sobre o quê? Sobre essa amizade, ele disse, hesitante. Sobre os dois. Clara sentia que havia outro motivo, mas, lutando contra sua própria natureza, não pressionou para descobrir. Então, todas as manhãs, eles se encontravam um quarteirão além da entrada do prédio, num lugar discreto, e então caminhavam juntos, conversando sem parar. Damián não fazia ideia de muitas das coisas que Clara lhe dizia. Não conhecia um único dos filmes que ela via ou dos bares que frequentava nos fins de semana. Clara ria dele, mas sem malícia. Você vive numa bolha!, dizia. Mas o mundo de Damián também era complexo, à sua maneira. Por exemplo, era especialista em quadrinhos de super-heróis e romances de ficção científica, que pegava na biblioteca. Sabia um monte de coisas sobre óvnis, enigmas científicos, investigadores perseguidos pela CIA e territórios míticos como Atlântida, dados muito concretos que registrava com paixão e avidez. Em outras circunstâncias, Clara teria usado as alavancas dessa amizade para assumir o controle – a garota mais experiente e confiante diante do menino ingênuo e manipulável. Mas não era assim. Falavam de igual para igual. Eram iguais. Quando ele lhe contava um problema – e começou a fazê-lo, pouco a pouco –, ela não sentia uma pena fria e desdenhosa, como de outra forma teria acontecido, mas uma preocupação sincera por seu amigo.

Damián confessou a ela que odiava a faculdade. Tinha se matriculado em matemática e não sabia por quê. No ensino médio, detestava. Talvez pensasse que essa decisão agradaria aos pais. Que o aplaudissem por isso. Por escolher uma das carreiras mais difíceis, abstratas e puras. Não o fizeram. Nunca conseguia satisfazê-los, por mais que tentasse. E o curso era muito difícil para ele. Não conseguia passar nos exames. Não entendia nada e tinha ficado tão para trás que não havia solução. Tinha tantas matérias pendentes que até os professores o consideravam um caso perdido. Seus pais não tinham nem ideia disso. Se ele continuava indo para a aula, disse-lhe, era apenas para disfarçar. Ultimamente entrava na sala de estudos e lia os quadrinhos que guardava num armário. Não fazia mais nada. Mas cedo ou tarde essa trapalhada seria descoberta. A certeza já não o deixava dormir.

Clara o incentivou a dizer a verdade. Abandonar o curso e começar qualquer outra coisa de que ele gostasse. Ou que começasse a trabalhar, como ela, para ganhar o próprio dinheiro. Por que não abria uma loja de quadrinhos? Ou uma livraria especializada em ficção científica? Embora o projeto parecesse terrivelmente fantasioso, eles começaram a planejá-lo em detalhes. Teria que pedir um empréstimo, claro, era assim que todo mundo que abria um negócio fazia. Distribuir propagandas pelas caixas de correio, pôr cartazes nos quadros das faculdades. Em belas-artes certamente havia muitos fãs de quadrinhos. Na filologia. Na filosofia. Eles colheriam clientes em todos os lugares. Havia a chance de seus pais lhe emprestarem algum dinheiro? Ou, pelo menos, que fossem fiadores no banco? Damián sorriu para si mesmo. Tudo o que falavam era pura fantasia, disse ele, era impossível realizá-lo. Por quê?, insistiu Clara. Ele não poderia pelo menos tentar? Damián então lhe contou o que havia acontecido com os quadrinhos. Que seu pai o obrigara a rasgar e jogar fora os que encontrara no depósito. Ou, em vez de obrigá-lo, *lhe pedira gentilmente*. Era muito difícil lidar com isso, disse ele. Clara não entendeu por que ele não se rebelara, ela teria se recusado a obedecer, mas o viu tão abatido, tão fora de combate, que assentiu sem dizer nada.

Adormeceu com o café pela metade, com a cabeça caída sobre o colo. Não havia placidez naquele sonho. Respirava com esforço, de forma entrecortada. Clara pôs uma almofada na nuca da mãe, tentou acomodá-la. A pele de suas mãos parecia mais fina que nunca, como se estivesse prestes a romper com a pressão de seus dedos. As veias que lhe corriam sob os pulsos eram de um verde-pálido com um delicado toque de turquesa. Sob o vestido florido e juvenil podia-se adivinhar um corpo derrotado pelo cansaço. Ao dormir, a mãe havia parado de fingir. Agora se mostrava como era, sem censura, exausta e possivelmente doente. Emitia um cheiro doce, como o de maçã passada, um cheiro suspeito. Clara decidiu interrogá-la assim que acordasse. Estava com pressa de ir embora, mas a deixaria descansar e depois lhe perguntaria sem rodeios. Desligou a TV, levantou-se e xeretou entre os discos de vinil. O toca-discos não funcionava fazia muito tempo, mas ainda estava lá, como uma testemunha da vida passada. Clara olhou para as capas dos discos. Eram apenas algumas dezenas. Todos muito velhos, alguns muito arranhados. Tinha as capas gravadas em sua memória. Jacques Brel, Édith Piaf, Miguel Bosé, Nino Bravo, Vinicius de Moraes, Roberto Carlos, Cesária Évora, Julio Iglesias. Se se esforçasse, era capaz de encontrar um padrão naquele fio de nomes. Lembrou-se de como sua mãe os tocava repetidamente, como ela a fez amá-los e depois detestá-los e depois amá-los novamente. Entre todos eles, como nos jogos de lógica em que é preciso desmascarar o intruso, encontrou um disco de Beethoven e suas nove sinfonias. Olhou-o com amargura.

Quando ela acordasse, adoraria dizer a verdade. Ou pelo menos aquela verdade que até então vinha soltando a conta-gotas, para não machucá-la de chofre. Para aquele homem, aquele que ela pensava que lhe descortinava o mundo dando-lhe um disco de Beethoven, aquele que ainda segurava a porta para ela passar ou a ajudava a carregar as sacolas de compras, para aquele homem educado e distinto, ela era um lixo. É possível que agora, tantos anos depois, seu julgamento tivesse sido suavizado, mas houve um tempo em que essa opinião era severa e implacável. As duas, mãe e filha, eram um péssimo exemplo não só para sua família, mas para a sociedade como um todo. Por isso Damián escondia sua amizade. Foi também por isso que Rosa deixou de subir para brincar tão de repente. Elas eram a peste.

Certo dia, chegou cabisbaixo. As flores dos jacarandás estouravam insolentes, atapetando a calçada com um resplendor roxo. Era o início de maio: o céu muito claro e a brisa da manhã, os pardais alvoroçados, em pleno cortejo; toda aquela beleza parecia conspirar contra Damián, zombando de seu desânimo. Clara deixou de perguntar o que havia de errado e caminhou em silêncio, pisando nas flores no chão, constrangida. Só no final da jornada, atropeladamente, Damián disparou a falar. Contou que sua irmã Rosa, na tarde anterior, havia anunciado que estava abandonando o curso. Estava matriculada em psicologia fazia menos de um ano, mas ainda assim ousara se rebelar.

— Mas que ótimo! — disse Clara. — Qual é o problema?

O problema?, repetiu Damián, desolado. Que o ultrapassara pela direita, ignorando as regras da lógica. Como se houvesse apenas um cartucho na arma e ela tivesse disparado primeiro, sem respeitar sua vez. A comparação não era casual e até ficava aquém. Soltar algo assim, segundo ele, era como soltar uma bomba. Como ele, agora, seguiria os passos dela? Rosa atacava por atacar, se rebelara por pura raiva, sem motivo. Ao agir dessa forma, de maneira egoísta, deixava os outros em desvantagem. Damián não conseguia entender. Rosa tinha tirado notas excelentes no primeiro semestre. Por que estava fazendo isso com eles? Era apenas uma provocação?

Clara ficou ao lado dele, parada na esquina onde costumavam se despedir. De soslaio, notou que estavam sendo observados. Damián estava muito exaltado, com as lágrimas prestes a rolar. Talvez quem os via pensasse que eram um casal no momento do término. Que ela o deixara e que ele, desesperado, desejava mantê-la ao seu lado. Tentou acalmá-lo.

— E se sua irmã na verdade te abriu o caminho? Não é mais fácil para você agora, com esse precedente?

Damián limpou o rosto com o dorso da mão. Seus olhos cintilavam de raiva. Seu nariz escorria. Sua aparência era lamentável. Um pensamento passou rapidamente pela cabeça de Clara. Assim, pensou, explica-se que nunca consiga nada. Como se o simples fato de vacilar, de deixar-se vencer pela desolação, o tornasse culpado.

– Você não entende merda nenhuma – disse ele.

Seu lábio inferior, destacando-se, tremia. Clara relembrou o dia da brincadeira em sua casa. Era a mesma expressão; nada havia mudado nele desde então. Uma expressão em que se misturavam o medo, a timidez e a profunda ofensa à dignidade ferida.

– Não fique bravo comigo, Damián. Gostaria de te ajudar, mas não sei o que dizer.

– Então não diga nada.

Balbuciando, ainda irritado, disse-lhe que agora tudo era uma catástrofe. Que caminho aberto que nada. Não era mais possível consertar as coisas. Desde o anúncio de Rosa, a mãe se enfiara na cama e lá seguia, sem comer, queixando-se de dores de cabeça atrozes, chorando sem parar. Quanto ao pai, havia reunido todos à noite para falar sobre a importância da perseverança e do esforço. Ele havia falado por horas a fio, interrompendo-se apenas para pedir que repetissem alguma frase ou completassem algum raciocínio. Não tinha permitido que fossem dormir. Supunha-se que fazia tudo isso para convencer Rosa a mudar de ideia, mas ela apenas assentiu com um olhar perdido, sem compaixão por seus irmãos. Por que não cedia? Se tivesse cedido, os teria deixado em paz. Que culpa tinham Martina ou Aqui? E que culpa tinha ele?

– Mas por que vocês aguentam tudo isso? Já são crescidos! A noite toda sem dormir e, ainda por cima, essa conversinha? Por que não foram embora? Eram quatro contra um! Ele amarrou vocês na cadeira ou o quê?

– Não! Amarrados não! Você não entende, você não entende, você não entende nada!

Desesperado, ele deu a ela um último olhar de raiva antes de se virar e sair andando a toda a velocidade. Ele nem sequer a tocou, mas Clara teve a impressão de que a empurrara contra a parede, como tantos anos antes. Ela o havia tirado do sério da mesma forma. Sub-repticiamente, chamara-o de covarde. Há um tipo de incompreensão que está sempre ligado à censura moral. Como tinha sido a sua.

O que se rompeu entre eles naquele dia não pôde mais ser reparado. Continuaram se vendo, mas com uma intermitente tensão de fundo. A amizade deles tornou-se irritável, suscetível e cheia de tabus. Não houve uma ruptura solene, despedida ou qualquer coisa do tipo, mas a distância foi aumentando até que quase não havia ligação entre eles, e deixaram de se encontrar na esquina.

Olhando para o rosto de Ludwig, seus lábios finos, os cabelos grisalhos e desgrenhados, o cenho franzido, Clara se lembrou da última conversa que teve com Damián. Aconteceu dentro do ônibus, porque eles já não caminhavam juntos. Sentou-se ao lado dela, enfiou os cotovelos nos joelhos, soltou tudo de uma vez. Clara ainda se pergunta o motivo. Se havia ficado em silêncio até então, poderia ter continuado em silêncio. Foi por despeito? Para mostrar a ela como a situação era complicada e contrariar a ignorância de Clara? Ou apenas por vingança?

Ela se lembra de que ele falou com frieza, com as pupilas mortas, imóveis, segurando a cabeça com as mãos.

– Sabe o que meu pai pensa de vocês duas?

– Não sei e não me importo.

– Não, não, espere, você tem que saber.

– Por quê?

– Porque você se acha muito esperta.

Ele abriu a boca para recuperar o fôlego e listou. Que sua mãe atendia clientes em casa para evitar o pagamento de impostos. Que ela era egoísta por ter tido apenas uma filha e irresponsável por não educá-la adequadamente. Que ela também era frívola e consumista, que sua ganância era tão grande que preferia jogar na loteria a dar uma esmola a um necessitado. Que ambas adoravam conviver com pessoas de nível econômico superior, viviam de aparências. Que elas não tinham bom gosto e nunca teriam. Que eram incultas, imaturas e voluntariosas, incapazes de levar uma vida decente. Que ainda por cima eram beatas que lavavam sua má consciência indo às romarias e acendendo velinhas aos santos, supersticiosas como poucas. Que se Clara trabalhava como balconista no shopping era por causa de sua incapacidade de estudar, além de sua preguiça, mas que ela ainda poderia cair mais baixo. Era uma questão de dar tempo ao tempo.

– Eu continuo?

Clara não se lembra do que respondeu, se se defendeu ou não, se mostrou raiva ou não, se quando Damián desceu do ônibus – porque tinha que descer antes dela – se despediu dele como se nada tivesse acontecido ou se virou o rosto. Como muitas vezes acontece com a memória, o início é claro, às vezes o meio, nunca o fim. Ou lembra-se de detalhes inconsistentes, aparentemente sem sentido. As janelas do ônibus embaçadas devido à umidade do interior. A mulher sentada à frente deles, estudando-os com tanta atenção que Clara sabia que tinha ouvido tudo. A pequena medalha de ouro que essa mulher usava sobre o suéter, com uma lua e um sol sobrepostos – a mãe tinha uma semelhante, presente de um amigo. As botas que ela usava naquele dia, umas botinas até a canela, e as marcas esbranquiçadas que a chuva deixara no couro do peito do pé. Seu olhar cravado nelas, nas marcas, enquanto Damián falava e seu rosto queimava.

Pôs o disco no lugar e contemplou sua mãe, que ainda dormia. Com o suor, os cabelos grudavam em suas têmporas. De vez em quando, ela tremia, como se assustada por um sonho ruim. Ficou observando-a por alguns minutos enquanto algo mudava dentro de Clara, como se seus pensamentos tivessem subitamente tomado um desvio inesperado. Por que eu deveria tirar a venda dos olhos dela?, pensou. Que tipo de troféu estava perseguindo? O da verdade? O acerto de contas? Esse era justamente o tipo de coisa que a tentava quando criança, porém não mais. Fazer experimentos, testes. Pôr os outros na frente das cordas, mesmo aqueles que mais amava. O prazer despudorado de confundi-los, de vê-los sofrer. De desbaratar suas ideias, tirar-lhes o chão e fazê-los cair. De ridicularizá-los.

Mas isso já fazia parte do passado.

Se a mãe queria levar comida para o vizinho, qual era o problema? Acaso sua missão era restaurar uma ordem justa em que cada um recebia apenas o que merecia? E o que cada um merecia? Era ela quem decidia?

Aquele homem as insultava pelas costas havia muitos anos. Ele tinha uma dupla face, outro lado cheio de falsidades que sua mãe não conhecia, que nem podia suspeitar. E daí? Era uma falsidade inofensiva. Desconcertante, mas inofensiva. Talvez aquele homem as criticasse para se exibir, tolamente, na frente da mulher e dos filhos. Talvez estivesse apenas desempenhando o papel grandiloquente que havia imposto a si mesmo, lançando mão do que lhe estivesse mais próximo, como um contraexemplo. Talvez nem toda a sua amabilidade fosse mentira. Talvez estivesse transtornado. Talvez sua opinião tivesse mudado, talvez até tivesse se arrependido. Fala-se muita bobagem, muitos exageros ao longo da vida. Se pensasse bem, também ela não tinha a consciência limpa.

Vendo a mãe dormir, ficou claro para ela. Era preferível que continuasse a se sentir apreciada por esse homem do que lhe fosse revelada uma verdade tão dolorosa. A esta altura, pensou, não vale a pena remexer no passado. A esta altura, disse para si mesma: que expressão estranha. Como se o tempo estivesse se esgotando. Como se tivéssemos de nos concentrar apenas no importante e evitar o acessório, o irrelevante.

Relevância ou irrelevância: a diferença, de repente, pareceu-lhe muito clara. Que homem irrelevante, disse a si mesma, que historinha miúda no fundo.

A elas, não restava tempo para a irrelevância.

Perguntar mancha

A menina foi adotada, entrou na escola no meio do ano.

Era uma criança esperta e cautelosa, com os dentes da frente separados e um leve bigodinho. Era engraçadinha, que é o que diziam na época para as meninas feias.

Nas aulas, nos primeiros dias, os colegas a receberam com curiosidade. Depois foram esquecendo a novidade, deixaram-na de lado. Não se metiam com ela nem a convidavam para brincar, era como que invisível. Pouco antes de chegar, a professora havia alertado que não deviam fazer perguntas. Todas as crianças respeitaram escrupulosamente essa proibição, a ponto de isolá-la com seu silêncio.

A menina aparentava estar bem, mas seguia apenas resignada. Eram muitas mudanças. Todos lhe explicaram que eram mudanças para melhor, então ela não entendia o motivo de seu desconforto. Por que ela não estava feliz? Não reclamava. Sorria, mas não entendia. Tentava se adaptar.

A orientadora educacional a observava passear pelo pátio do recreio.

— Deixem a Martina brincar com vocês — disse ela a umas meninas que estavam pulando elástico.

— Está bem — disseram as outras, em coro.

A menina pulava melhor que as outras. Movia as pernas com tanta agilidade e rapidez que acabavam não sendo vistas, numa única rajada. Um, dois, três, quatro, cinco, até cem ou duzentos pulos sem errar. *Na ruaaa 24 houve um assassinaaato, uma veeelha matou um gaaato com a pooonta do sapaaato.* Era tão boa que a brincadeira ficava chata. A orientadora percebeu que ela começou a errar de propósito, para que as outras não ficassem bravas.

Quando a campainha tocou, elas se afastaram de Martina na mesma hora, deixando claro que, se tinham brincado juntas, havia sido por imposição. A orientadora a chamou de lado. A menina estava com o nariz escorrendo, enxugava o muco com a manga sem entender que isso não se faz.

— Isso não se faz, Martina — disse a orientadora.

E então pediu que a acompanhasse.

— Mas e a aula?

— Não se preocupe com a aula. Explico depois à sua professora.

A menina seguiu-a, preocupada. Obedecia a uma ordem desobedecendo a outra. Ultimamente ela se envolvia em situações desse tipo e nem sempre terminavam bem. Ia atrás da orientadora aos tropeços.

— Está tudo bem, Martina, de verdade. Eu só quero falar com você um instantinho. Relaxe.

Ela falava muito seu nome e a menina gostou. Aos poucos, foi relaxando.

Levou-a para o segundo andar, a uma pequena sala com uma janela que dava diretamente para a copa de um pinheiro. Tanto, tão perto, que com o vento alguns dos galhos batiam suavemente no vidro. A saleta estava forrada de desenhos feitos por crianças e também outros desenhos mais sofisticados, cartões-postais de amanheceres e cachoeiras e frases como *Quem abre a porta de uma escola fecha a de uma prisão* ou *As raízes da educação são amargas, mas o fruto é doce.* A menina lembrou-se do escritório do pai — seu pai adotivo, já que o outro, o inominável, ela nem conhecera —, que também tinha frases na parede, embora ali fossem todas de Gandhi. Seu pai lhe ensinara quem havia sido Gandhi de maneira tão apaixonada que a menina agora o considerava uma espécie de Deus. Como Jesus Cristo em sua cruz, que também estava na saleta da orientadora, mas não no escritório de seu pai.

— Martina — disse ela —, gostaria que conversássemos um pouco.

Juntou as mãos, entrelaçou os dedos e os pousou sobre os lábios, contemplando-a. Embora já não estivesse sorrindo, seu olhar era doce, como se acariciasse a garotinha à distância.

— Tudo bem — disse a menina.

— Gostaria que conversássemos de vez em quando, não só hoje. Um momentinho de vez em quando. O que você acha?

O que ela achava? A menina precisaria de mais tempo para descobrir. Como poderia saber, se ela nem tinha lhe dito sobre o que teriam de falar? Mas a pergunta não era uma pergunta real: a menina já havia aprendido a diferenciar as verdadeiras — aquelas que são respondidas para oferecer informações necessárias — das inquisitivas, cuja resposta o interrogador nunca se preocupa em ouvir. No entanto, a aparência da orientadora lhe infundia confiança. Tinha uma voz macia, cachos macios, gestos macios. Até o casaquinho de lã que ela usava, fechado com um único botão de madrepérola sobre uma camisa de bolinhas, dava a impressão de ser macio.

— Acho muito bom.

Então elas conversaram, não só naquele dia, mas em muitos outros. Sua professora — que era mais velha e rude — facilitou os encontros traçando cruzes em seu horário: nesses dias, nessas horas, a menina podia sair da sala para ir até a saleta da orientadora educacional para conversar. Ao lado das cruzes escrevia ORI, que significava *orientação*. A menina ia contente, como alguém que vai visitar uma tia jovem com quem se pode conversar de igual para igual.

Alguns colegas olhavam com inveja esses encontros. A estima social da menina foi crescendo, como se tivesse ganhado pontos num jogo, e aos poucos foi fazendo amigos. Afinal, ela era uma criança adaptável e sensata.

No entanto, tinha seus torvelinhos. Movimentos inesperados do ar que levantavam nuvens de poeira inquieta do solo, uma poeira que, em teoria, já tinha de estar mais que assentada. Terra firme, sim, quase sempre – a visão da menina era para a frente: um dia após o outro etc. –, mas às vezes, também, poças e até pântanos nos quais se enlamear. E ali, na maioria das vezes, a menina fechava a boca, não era honesta nem mesmo com sua irmã adotiva, que tinha quase a mesma idade e com quem dividia o beliche e os segredos. A menina logo aprendeu que, sobre alguns assuntos, era melhor não falar. Um desses assuntos era seu passado e, dentro do passado, sua verdadeira mãe. O próprio sintagma, *verdadeira mãe*, resultava ferino para a nova mãe, porque, seguindo a lógica do antônimo, era como chamá-la de *falsa*. A menina não sabia como devia nomear uma palavra – *mãe* – que agora era ocupada por outra pessoa.

O que aconteceu com ela? Onde estava? Realmente... no céu? Sua família atual não acreditava em Deus, portanto nem no inferno nem no paraíso, essas mentiras para manipular as pessoas, diziam, então onde estava sua mãe? Como, de que maneira, devia pensar nela? Para onde precisava se dirigir e em que tom?

Compreendia que não quisessem contar-lhe algumas coisas, porque às crianças nunca se conta tudo, todo mundo sabe disso. Mas por que era tão difícil para ela fazer perguntas? O ar ficava preso em sua garganta, era impossível que uma única palavra saísse. Quando tentava, sempre acabava perguntando algo que não tinha nada a ver com o assunto, a primeira coisa que lhe vinha à mente, como por que os répteis têm pupilas verticais ou se é verdade que o corpo humano é feito de dois terços de água e um terço de carne. O efeito era estranho e lhe conferia um ar perturbado, fazia com que olhassem para ela com desconfiança. Perguntar mancha, ela uma vez pensou, e lavou o rosto e as mãos cuidadosamente, sem entender bem o que significava aquilo que soava tão verdadeiro, o de se sujar apenas por mostrar curiosidade.

Nas sessões de ORI deu rédeas soltas à sua inquietação, mas fez isso deformando-a, através de muitos desvios, com disfarces e truques, aumentando algumas coisas e diminuindo outras.

A orientadora a escutava atentamente, sem julgá-la.

– Claro, minha menina.

Ultimamente a chamava assim: minha menina. Era tão doce! Mostrava um interesse genuíno em perguntar sobre sua nova família, no que o pai trabalhava, o que a mãe fazia, como ela se dava com seus irmãos, se eles tinham animais de estimação ou não, o que tomavam de café da manhã. Havia algo de que a menina gostava muito: que a orientadora não se alinhava com os pais por padrão, como os adultos fazem uns com os outros. Aquela mulher estava muito mais próxima das crianças que dos outros professores. Cantava com elas, participava de teatros escolares, vestia-se de duende ou fada, até comprava bugigangas e distribuía-as no recreio. Todos a adoravam, mas nem todos tinham o privilégio de conversar em sua saleta.

– Você dorme bem à noite?

– Eles nos mandam para a cama muito cedo.

– Sim, mas você tem pesadelos?

– Pesadelos? Sim, sim, tenho muitos. Sou perseguida por dragões ou bruxas ou um *boraco* se abre no chão e eu caio ou sou picada por uma tarântula ou...

– Buraco.

— No chão.

— Se diz buraco, quero dizer. Bu, com U.

— Com U?

— Isso, bem aberto, buuuu. Não é *boraco*, com O.

Mas a corrigia com afeto, sem recriminá-la por sua natureza defeituosa.

— Seus pais de agora são rigorosos?

— Rigorosos? O que significa rigorosos?

— Se eles brigam muito com você.

— Não, eles não nos repreendem, mas há coisas que não podemos fazer. Eles não nos repreendem porque nós não as fazemos.

— Coisas como o quê?

— Como ver TV. — Teve vergonha de confessar que eles nem tinham o aparelho. — Ou ficar sozinha no quarto. Ou escrever num caderninho com cadeado.

Ia lhe contando histórias. Uma vez foram visitados por um tio que a menina amava muito. Aquele tio era irmão de sua nova mãe e também tinha sido de sua antiga mãe, obviamente. Ele era meio desastrado, como um palhaço grande, com a barriga enorme e a camisa mal enfiada pela calça, mas ela o amava demais.

— Claro, Martina, minha menina, não deixa de ser sua família.

O tio tinha lhe dado uma roda da moda.

— Um brinquedo para fazer desenhos com moldes — explicou a menina.

— Eu sei, eu sei. É um brinquedo muito bacana. Saem belos desenhos.

— Não é? — A menina ficou empolgada só com a lembrança. Então seu olhar se ensombreceu. — Meus pais me fizeram trocar o presente.

– Não me diga! E por quê?

– Troquei por um livro. Era porque eles preferiam o livro.

– Mas era um presente do seu tio!

A orientadora meneava a cabeça com suavidade, bem devagar. A menina se sentia reconfortada por sua compreensão. Os galhos do pinheiro faziam tiqui-tiqui no vidro. Da janela da sala, Martina podia imaginar que estava na cabana de uma floresta selvagem, pelo menos se olhasse de um certo ângulo, porque se mexesse a cabeça já dava para ver os blocos de apartamentos ali ao longe, e o terreno sem árvores; então por que mexê-la? Melhor ficar quieta.

Mais à frente, inventou algumas coisas. Pequenas coisas, um pouco loucas. No momento de dizê-las sentia-se desconfortável, parecia-lhe que a mentira iria ser notada, mas ela não conseguia se conter, saíam por pura fantasia, uma após a outra. Por exemplo, que havia encontrado um papagaio colorido na rua e, como não a deixaram pegá-lo, ela o escondera no armário por alguns dias. Ou que um vizinho lhe dissera "menina adotiva, com fresta na gengiva!" e que ela lhe dera um tapa e seu pai a repreendera porque, segundo Gandhi, nunca se batia, mesmo que batessem em você. A orientadora nunca questionava nada, embora às vezes fizesse um comentário.

– A não violência. O que é o mesmo que dar a outra face. Você conhece a história de Jesus Cristo e a outra face?

– Não – disse a menina.

E ela contou.

A amizade entre elas foi se tornando cada vez mais próxima e promissora. *Amizade* era a palavra que a própria orientadora usava, segurando sua mão.

– Somos amigas, não é?

E eram, claro. A orientadora lhe trazia presentes de vez em quando. Alguns recortes. Uma pulseira trançada. Bombons de avelã embrulhados em papel-celofane. A menina, em troca, fazia desenhos de moinhos e granjas com poemas bem cafonas. Ela mesma não estava convencida, mas a orientadora devia gostar muito deles, porque os pendurava na parede, em lugares privilegiados, e pedia que ela fizesse cada vez mais. Falavam de mil coisas, não só das histórias da menina. Por exemplo, a orientadora disse-lhe que ia se casar no verão. Tinha trinta e um anos, já estava ficando para titia, disse-lhe. A menina concordou. Trinta e um anos é muito tempo, mesmo para uma professora assim! Ela também havia contado sobre seu namorado, que era arquiteto e tinha dois cachorros, um setter irlandês e um dálmata, e que tocava violão. O vestido de noiva era sem mangas, por causa do calor, mas ela usaria um véu para a cerimônia. Eles iam ser muito felizes e ter vários filhos. Queria que a primeira fosse uma menina como ela, dizia-lhe, uma menina tão bonita e tão inteligente. A menina, que sabia que não era bonita mas inteligente, sorria porque a orientadora soava sincera.

– Minha menina, hoje você vai ter uma surpresa – anunciou.
A menina ficou muito feliz. O que seria? Na hora do recreio, disse-lhe, Martina tinha de se apresentar na saleta. Assim que o sinal tocar, direto para lá, não se esqueça! Mas como ela poderia esquecer? A menina não conseguia pensar em mais nada. Nas aulas, ficou tão distraída que até a professora teve de falar firme com ela. Errou nas multiplicações e manchou o vestido da colega de carteira com o tira-linhas. Estava ansiosa, era por isso. Impaciente, e também fantasiava. Em três dias seria seu aniversário. Uma voz imaginária lhe dizia que com certeza a orientadora tinha lhe comprado outra roda da moda. Talvez ela não pudesse levá-la para casa, mas poderia deixá-la na escola e brincar no recreio com as

outras meninas. Ou talvez tivesse lhe comprado outra coisa. Um papagaio colorido, que enfiariam numa gaiola para que visse os pardais do outro lado do vidro. À medida que o tempo passava, sua impaciência foi crescendo. Ela não tinha mais dúvidas de que era um presente.

Mas quando o sinal do recreio tocou e ela foi correndo para a saleta, ouviu vozes vindas de dentro – vozes muito conhecidas e familiares – e todas as suas ilusões desmoronaram. Ela bateu, abriu e lá estavam os pais sentados ao lado da orientadora, os três muito sorridentes, os três esperando por ela. Mas cada sorriso era diferente. O da mãe era estreito e desconfiado, como se dissesse vamos ver aonde isso vai dar. O do pai estava cheio de dentes, tinha um ar faminto. O da orientadora era um sorriso que ela dava para si mesma, uma risada autossuficiente, de satisfação pelo trabalho cumprido. A menina também sorriu diferente dos três, com os lábios tremendo.

– Olá – disse ela.

– Olá, Martina – disseram eles, perfeitamente sincronizados.

Sentou-se onde lhe indicaram. A decepção dera lugar à perplexidade; ela ficou intimidada, sem saber o que dizer. E então, de repente, algo como pânico – um aperto na barriga, traiçoeiramente – só de pensar: o que a professora teria dito a eles?

Examinou o rosto dos pais, notou-os calmos e decidiu: nada grave. Referiam-se a ela com orgulho, como se a tivessem fabricado com as próprias mãos. A menina se acalmou, também começou a ficar embriagada com aquele orgulho. Ela tirava notas tão boas! Era tão obediente! Tão inteligente! A orientadora recomendou que a inscrevessem para isso ou aquilo, algumas aulas de inglês, um acampamento de escoteiros, oficinas de macramê e mais coisas que soavam como chinês para a menina, e os pais assentiam, claro, claro, até que ela notou algo como um ruído de fundo, uma descrença. E veio o segundo espasmo, cheio de muitas dúvidas.

— Ela é uma menina muito imaginativa, tem um potencial criativo tremendo.

— Nós sabemos — disse a mãe. E soou como uma acusação: mentirosa, enrolona, é o que realmente é.

— Não permitam que ela durma no ponto, aproveitem esse dom de Deus.

A menina pensou: ai, agora Pai dirá que Deus é um enganador a serviço do poder e que os padres são uns picaretas. Mas ele não disse nada disso. O que ele disse foi:

— Vamos levar em conta todos os seus conselhos, já que vêm da senhorita.

Ou algo parecido, que era, a menina percebeu, como não dizer nada ou dizer tudo, mas com indiretas.

— Estupendo, mas não me tratem por senhorita — riu a orientadora, corando por sua juventude.

O pai estreitou o olhar enquanto sorria de volta. Tinha os braços cruzados sobre o peito, as pernas também cruzadas, o sapato no ar apontando para cima, em sinal de tensão. Sentado na cadeira escolar, ele parecia mais baixo, até um pouco ridículo, enquanto a mãe parecia gorda, sobressalente por todos os lados e sufocada em seu vestido de gola alta. Lá fora surgiu uma rajada de vento e os galhos do pinheiro bateram no vidro, o mesmo tiqui-tiqui de sempre, mas agora diferente, como com outras intenções. A menina baixou a cabeça.

Levantaram-se, apertaram as mãos com vigor, inclusive as mulheres entre si, profissionalmente. A menina viu a orientadora se despedir, parecia outra mulher agora, assim como a saleta agora era outro lugar e o som dos galhos havia deixado de ser música.

– Martina, minha menina, você acompanha seus pais até a saída?

– Sim – disse ela.

O que ia dizer? Foi andando atrás deles, de cabeça baixa, como se fosse ela quem estivesse sendo guiada para a saída, e não o contrário. Os pais agora estavam muito calados, andando muito rígidos. Atravessaram o pátio sem olhar para os lados, como se as outras crianças não existissem, nem a corda, nem o futebol, nem nada. Com suas roupas elegantes e antiquadas, eles pareciam recortados de outros lugares e colados ali sem muita habilidade. A menina os observava de soslaio, como se estivesse sondando a temperatura para ver como está. Esperou que lhe dissessem:

– Então você falou sobre a roda da moda.

Ou:

– E o que é isso do papagaio? Que farsa!

Ou:

– Então você sente falta da TV, dos concursos, das novelas... – Este último com um tom desencantado, irônico.

Mas não diziam nada. Apenas, chegando ao portão, disseram um ao outro, para que ela pudesse ouvi-los:

– Fizemos muito bem em vir.

– Eu que o diga. Foi muito revelador.

A menina tentou decifrar essas palavras, como se estivessem falando em outro idioma que precisasse ser traduzido. Só veio um eco muito distante, entrecortado e confuso. Ela não era uma criança tão inteligente quanto pensava. Talvez fosse mentirosa e exagerada. Ou talvez algo mais sério. Eles estavam com o brilho da decepção estampado nos olhos, úmidos e piscando enquanto se despediam.

– Até mais tarde, Martinita. – E o diminutivo tinha um toque amargo.

A menina soube, então, que havia cometido o mais reprovável dos pecados: o da traição. Eles tinham lhe oferecido seu amor, sua casa, toda a sua vida, e a menina pagava assim: falando mal deles pelas costas. Olhou para seus sapatos enquanto se despedia. Os sapatos azuis, de couro e com fivelas, de boa menina. Estavam sujos de terra, verdadeiramente nojentos porque ela andava sem tomar cuidado. Limpou-os um contra o outro, esfregando o peito do pé, mas deixou-os muito piores do que estavam antes.

Gente boa

Aeromoças muito atenciosas estão distribuindo *vouchers* para jantar resgatáveis em qualquer um dos restaurantes do aeroporto, ou pelo menos é o que dizem com seus sorrisos rígidos, embora na hora da verdade só os aceitem em alguns, não em todos, como Martina logo tem a oportunidade de verificar. Os *vouchers* também não correspondem a um valor para usar livremente, de acordo com o gosto ou a vontade de cada um, mas é preciso se ater a menus predeterminados, que não são os que Martina escolheria. Mesmo assim, ela estuda o cardápio por um bom tempo, como o resto dos viajantes, e tenta se ajustar às normas do *voucher*, como se o fato de poupar o dinheiro do jantar fosse primordial, quando o primordial é que não chegará à sua casa no horário previsto, mas muito, muito mais tarde. Ninguém sabe quando os voos serão retomados, ninguém da companhia aérea se compromete a dar informações concretas, a única coisa que lhes garantiram é que, se necessário, entregarão novos *vouchers* para o desjejum.

Uma noite inteira no aeroporto! Martina se resigna com uma indiferença cansada. Escolhe um sanduíche vegetariano e pede para retirar o pepino.

— Se você pedir sem pepino, vai ter que pagar por isso — diz a garçonete, digitando na tela do pedido.

— Pagar o quê, o sanduíche?

– Sim, claro, o que seria? O sanduíche que entra nas condições do *voucher* é este aqui, ó. – Aponta para uma foto no cardápio. – Alface, ovo cozido, tomate, pepino, maionese. Se algum ingrediente for trocado, ele não entra.

– Mas eu não mudei nenhum ingrediente! Tudo o que eu quero é que você retire o pepino.

– Então já é um sanduíche diferente. Sem pepino é outro sanduíche. A máquina não me permite trocar pelo *voucher*, entendeu?

– A máquina não permite trocar? – Martina ri nervosa. – Isso é um absurdo, vamos lá, não me diga que não é absurdo.

Atrás de Martina, uma longa fila de passageiros espera, irritada. Cheios de olheiras, cansados, bem-vestidos, mas ao mesmo tempo à beira do desleixo. De mau humor. Levemente violentos. A atendente bufa, lançando-lhe um olhar de ódio enquanto levanta as comissuras dos lábios no que pretende ser um último gesto de cortesia comercial. Tem cabelos tingidos de loiro – chamuscados –, a pele irritada, usa um boné vermelho e branco para combinar com o avental e toda a imagem corporativa do estabelecimento. Talvez sem o tingimento, sem a touca e o avental, sem as marcas de estresse na pele, ou seja, talvez em outra vida, teria sido uma mulher bonita, até muito bonita.

– Com pepino ou sem pepino? – repete.

– Mas é sério mesmo que vai me cobrar se tirar o pepino?

– São as normas.

Martina está ficando sem paciência.

– Bem, então com pepino, fazer o quê.

Contornando os passageiros, ela procura uma mesa o mais longe possível do balcão, desabotoa o casaco, deixa de lado a mala de rodinhas, abre o sanduíche, descarta o pepino – a única fatia que há, minúscula e possivelmente insossa –, volta a fechá-lo, limpa os dedos com um guardanapo, pega seu livro. Quando vai dar a primeira mordida, detecta um movimento com o canto dos olhos. Em seguida, a cor de uma jaqueta, uma voz masculina estridente, uma pergunta.

– Você se importa se eu me sentar?

Sim, ela se importa, mas balança a cabeça, olha para o homem que se inclina com sua bandeja de plástico e um porta-documentos cruzado no peito, a expressão obsequiosa e o terno cinza-claro amassado de cima a baixo. Esvazia um lado da mesa para que ele se instale.

– Está tudo muito cheio – diz a título de desculpa.

Isso não é verdade. Está cheio, até bastante lotado, mas não *muito* cheio. Se você quer uma mesa, bem, é verdade que é preciso dividi-la, mas dá muito bem para se sentar num dos bancos altos. É o que ela teria feito em seu lugar.

– Não tem problema – diz ela, e volta ao sanduíche e ao livro.

Ele solta uma risada cúmplice.

– Ouvi o incidente do pepino – diz. – Sim, é ridículo. Eles não me deixaram pedir cerveja *sem* porque com o *voucher* você só pode *com*. Um ex-alcoólico voltaria à ruína só por causa do *voucher*.

É um homem de uns cinquenta anos, grande, com mechas de cabelo grudadas na testa. O nariz é grosso, os lábios são grossos, as sobrancelhas são grossas, os dedos são grossos – ainda seguram a bandeja, tolamente –, tudo nele é grosso e sem graça, embora ele tenha uns simpáticos olhinhos enviesados que lhe conferem uma expressão agradável, isso é inegável. Parece um vendedor rastaquera ou o típico funcionário ao qual impõem uma viagem que ninguém mais quer fazer. Martina sorri para ele com rigidez, concorda para não ser mal-educada e finge voltar à leitura.

– Embora também seja verdade que nesses lugares os sanduíches já são preparados de antemão, vêm envoltos naquela película transparente que não há quem tire sem enfiar os dedos no molho, eu pelo menos não consigo. E uma coisa que a gente acha boba, como tirar uma fatia de pepino, é um tempo precioso para os funcionários. Essa pobre gente vive assim, contando os minutos para melhorar a produtividade.

Martina baixa o livro, inspeciona-o de novo, dessa vez com maior interesse. Está voltando atrás no que disse? Pensa nisso.

– Você tem toda razão – responde depois de alguns segundos, mas fala com tanta gravidade que parece estar mais chateada do que realmente está.

– Bem, eu não estava tentando tirar sua razão. Agora você vai pensar que eu sou um intrometido por me sentar aqui e me meter onde não sou chamado.

– Não, tudo bem.

O homem finalmente solta a bandeja. Há um pouco de espaguete num recipiente plástico, talheres também de plástico, uma bolachinha de chocolate e laranja e a cerveja *com*, ou seja, o menu n.º 5 entre os admitidos pelo *voucher*. Ele coloca tudo arrumadinho na metade da mesa, esfrega as mãos, olha direto para ela e fala de novo.

– Na verdade, eu me sentei aqui por outro motivo.

Faz-se um silêncio. Ele levanta uma sobrancelha, como para dar o golpe de efeito antes de confessar.

– Eu a reconheci. Do hospital.

– Ah, nossa.

Martina não sabe o que dizer. Deveria reconhecê-lo também? Ela se esforça por alguns segundos, sem sucesso.

– Você estava no hospital com sua mãe. Eu a vi lá muitas vezes nos corredores. Não deve ter me notado, claro. Eu estava acompanhando minha irmã.

Martina fecha o livro e lhe pergunta o que a irmã dele tem, embora seja de se esperar que nada de bom, já que, se é verdade que esse homem a conhece do hospital, deve tê-la visto na área de oncologia. Câncer de mama, ele responde, embora felizmente ela já tenha recebido alta. Martina teme que o homem lhe pergunte agora sobre sua mãe, mas ele não pergunta, apenas sorri e ataca o espaguete com vontade. Martina volta às suas coisas. Há algo de impudico em comer tão perto de um estranho, mas lhe parece que deve ser gentil com esse homem porque ele, à sua maneira, tentou ser gentil com ela.

O motivo do atraso está a milhares de quilômetros dali, e, por mais que tente, Martina não entende muito bem. Um vulcão que ela nem conseguiria identificar no mapa entrou em erupção no dia anterior, liberando uma densa nuvem de cinzas. Até aí, mais ou menos normal. O curioso é que aquela nuvem, que não era tão grande assim, deveria ter se dissolvido ali mesmo, em poucas horas. No entanto, o que fez, teimosa como uma mula, foi viajar pelo mundo e, sem motivo algum, se dirigiu para aquele ponto do planeta, justo para esse ponto e não para qualquer outro dos muitos possíveis. Então, como que exausta depois da longa viagem, parou para descansar e lá permanece, contumaz. Nem os meteorologistas nem os climatologistas conseguem explicar muito bem o fenômeno, tão arbitrário e prejudicial. Aparentemente, a nuvem não impede apenas a visibilidade no ar. Também representa uma ameaça para os motores das aeronaves, que podem ficar entupidos por suas partículas finíssimas de rocha, vidro e areia. É por isso que, até que se dissipe, três aeroportos do país foram obrigados a cancelar todos os voos, mas apenas esses três aeroportos e apenas neste país, enquanto o resto do mundo opera normalmente. Como se tocados por um acaso traiçoeiro, muitos passageiros ficaram presos entre um voo e outro, como aconteceu com ela e também com seu companheiro de mesa, embora seu destino, como ele lhe disse, seja diferente.

Pela janela que dá para as pistas de voo, os dois assistem à noite cair sobre essa outra noite anterior de cor cinza-compacta: os aviões, os hangares, as plataformas de acesso, os ônibus, todos aqueles veículos e máquinas que estão sempre transportando pacotes e bagagens e que agora não transportam nada e permanecem à espreita, frustrados e expectantes. As luzes de sinalização brilham fracamente naquela neblina que não é neblina, mas algo mais como uma fumaça apocalíptica – ela, Martina, resistiu a usar o adjetivo que todos usam, *apocalíptico*, embora admita relutantemente que cai como uma luva. Nos noticiários, viu pessoas na rua cobertas de cinzas. Uma mulher mostra como seus lençóis ficaram manchados no varal de sua água-furtada. Grupos de crianças desenham rostos sorridentes no capô dos carros – provavelmente, pensa Martina, desenham mais que apenas rostos. Como se supõe que a nuvem ainda levará algumas horas para desaparecer, muitos passageiros exigiram, sem sucesso, hospedagem em hotéis próximos, e há até quem diga, assustado, que, mesmo que os voos retomem pela manhã, não contem com eles. As companhias aéreas não descartam que o vento faça algum milagre e a nuvem vá embora mais cedo que o esperado, por isso recomendam ter paciência e permanecer alerta aos painéis. Com suas maletas de rodinhas, contrariados, os viajantes caminham entediados, taciturnos, entrando e saindo das lojas, buscando informações o tempo todo, inutilmente.

Olhando para a nuvem, Martina sente uma exaustão agradável, como quando está correndo o dia todo e finalmente para. O homem ao seu lado, que já terminou o jantar e recolhe sua bandeja com parcimônia, parece alheio à impaciência e irritabilidade que se respira por toda parte. Martina pergunta a idade da irmã, a do câncer.

– Quarenta e um – responde, sacudindo de si as migalhas da bolacha.

Mais nova que eu, ela pensa. Sem maiores explicações, o homem tira um conta-gotas do porta-documentos e pinga algumas gotas em cada orelha. Piscando, ele se dá várias batidinhas com o punho, como se quisesse levar o líquido até o fundo, numa e outra orelha. Com seus olhinhos enviesados e de cor indecifrável, olha ao redor como se tivesse ficado desorientado. Martina acha que vai contar a ela sobre seu problema de ouvido ou o câncer da irmã, mas o que ele faz é balançar a cabeça e sorrir de modo enigmático.

– Quer um café?

Por que não?, diz ela, e ele se oferece para buscá-lo. Martina o vê se afastando em direção ao balcão, com suas costas largas e curvadas, os sapatos grandes e empoeirados e as mãos enormes. Sua marcha lenta lembra a de um urso. Não um urso de verdade, mas um animal de desenho animado. Um Catatau adulto, pensa ela sem malícia.

Quando volta à mesa, com o café, Catatau lhe dá os pêsames. Diz que soube da morte de sua mãe no dia da sua passagem – sua *passage*, diz –, que é uma verdadeira pena e que ele lamenta muito. Depois de todos esses dias no hospital, diz, de tanto tempo fazendo hora nos corredores e na sala de espera, ele ficou conhecendo o destino de meio andar de oncologia.

– Não era minha mãe. Era minha tia.

Por que faz essa distinção? O que lhe importa esclarecer essa questão para um estranho? Catatau, desnorteado, balbucia desconfortável.

– Ah, eu pensei… Seu pai me disse…

– Ele também não é meu pai.

Ela explica que quando criança, e também na adolescência, morava na casa dos tios. De alguma forma, extraoficialmente, eles a adotaram porque ela era órfã, então os chamou de mãe e pai por anos, mas depois, com o tempo, parou de fazer isso, sem raiva ou qualquer coisa do tipo, simplesmente não era natural, eles não eram seus pais.

Catatau pega a xícara, derrama um pouco de café.

– Bem, ainda assim eram gente boa, me parece.

Eram gente boa, não eram? É o que se costuma pensar daqueles que chegam a certa idade, ainda mais se estiverem enfermos e cheios de incertezas, como era o caso… Não fazia nem vinte e quatro horas que tinham jogado as cinzas de tia Laura no mar, cinzas muito diferentes daquelas que agora flutuam acima da cabeça deles. Quem os visse de fora teria pensado bem deles: gente boa se despedindo de um ente querido, não é mesmo? Mas por que o mar? Seus tios nunca iam à praia, não havia vínculo afetivo com aquele lugar, e, de fato, tia Laura ficava nervosa com a areia, sempre se infiltrando por todos os lados, até mesmo naquelas partes do corpo que não podiam ser nomeadas em voz alta. No entanto, lá estavam eles, naquela praia de seixos escuros, fora de temporada, entre quiosques fechados, fustigados pelo vento, e os altos blocos de apartamentos que se erguiam desafiadores atrás deles. Não era nem de longe a praia mais bonita do mundo. Era apenas a que ficava mais perto.

Martina não interferia nas decisões da família havia anos. Nem sequer dava sua opinião. Protestar. Reclamar. Durante muito tempo não se considerou no direito de fazê-lo. Sabia que era uma intrusa: a irmã adotiva, aquela que foi morar em outro país assim que pôde, a que renegou – pela segunda vez – sua origem. Os demais não a consultavam. Como família, eles tinham suas atribuições muito claras, e, quando os tios envelheceram, foi o filho mais novo que assumiu o controle. Não por desconsideração. Nem por vontade de comandar ou de se impor. Apenas por um sentido prático evidente: o mais velho era indeciso, um tolo, e a do meio estava sempre metida em problemas. Aqui, Aquilino, o filho esperto, que resolvia as coisas, que os defendia de tudo o que beirava o sentimentalismo. Ao contrário do que se esperava, escolher o mar para espalhar as cinzas da mãe tinha sido a decisão menos sentimental de todas. Era um clichê, o resultado de não pensar, ou de pensar do outro lado do empecilho, com assepsia.

A lembrança das palavras de tia Laura certa tarde, quando ela e Martina descascavam legumes na cozinha, havia se tornado um fardo pesado. O momento voltou à sua mente no hospital várias vezes, enquanto a tia morria lentamente. Quis perguntar a ela, mas não encontrou palavras. Quero que me enterrem e eu seja comida pelos vermes, tinha dito do nada. E também: nada de me queimar, nada de urna e cinzas, que pavor, quero estar embaixo da terra, com uma cruz e uma coroa de flores, como Deus ordena. Martina tinha certeza de que ouvira direito, lembrava-se de todas as palavras, uma por uma. Ficou impressionada com a crueza com que falou sobre o assunto, com o mesmo tom de voz com que a repreendia porque os pimentões não estavam suficientemente picados. Cubinhos menores, menores, dizia, e nunca estavam pequenos o suficiente para seu gosto.

Como poderia confirmar esse desejo? Perguntando diretamente a ela? Complicado. Martina observava seu rosto afundado no travesseiro. As rugas consumiam-lhe as bochechas, mal lhe restavam cabelos, só uns tufos como um penacho de passarinho, ela, sua tia, que tivera aquelas madeixas tão loiras, tão prateadas depois, e tão bonitas. Dentro daquela cabeça crescia um tumor que a estava matando. Ela estava consciente? Até onde sabia? Quanto era permitido a eles, os parentes, revelar? Mais que raiva ou dor, em seus olhos havia perplexidade. Às vezes, também, mostrava um senso de humor inesperado, um lampejo travesso de deboche, de picardia, como se tivesse entendido que, dado o pouco tempo que lhe restava, era melhor falar sem papas na língua, sem se importar se alguém se magoasse. O tio atribuía certos comentários – a linguagem obscena, o acerto de contas, as risadas imprevistas – a esse estado de demência, e puxava os visitantes para fora do quarto, meneando a cabeça com pesar. Mas Martina não estava tão convencida. Apesar de todos os sinais de decadência, sua tia exalava placidez. Os olhos febris transbordavam de vida, embora de uma vida diferente, contestadora e audaciosa. Iria morrer? Sim? Bem, vamos lá, parecia dizer, não tenho medo, já vivi o suficiente. Certa noite, enquanto dormia, Martina pegou o celular para fotografar discretamente aquele rosto tão puro, tão decidido, que queria guardar para sempre. Mas a câmera não conseguiu captá-lo. O que viu na tela foi apenas o rosto de uma mulher doente. O que seus olhos viam era completamente diferente. Apagou a foto.

Os acontecimentos se precipitaram muito rapidamente. Embora o desenlace fosse esperado, Martina mal teve tempo de reagir. Aqui se encarregou de tudo, falou com a funerária, fechou a cremação, fez os trâmites burocráticos que tinham de ser feitos, difíceis e ruins. Ela não encontrou argumentos para protestar. Quando se atreveu a contar a conversa na cozinha, disseram-lhe que estava equivocada. Quando tinha sido isso? Há muitos anos, certamente, tantos que sua memória falhava. Não se preocupe, disse Aqui: os desejos de sua mãe eram outros, e seriam escrupulosamente realizados.

O tio se absteve de intervir na conversa. Nos últimos tempos ele quase não falava, nunca discutia. Era uma sombra do que havia sido, como se tivesse se cansado de atuar ou tivesse ficado sem público. Rondava o quarto com os braços cruzados atrás das costas, de um lado para o outro pelo corredor, tentando manter a dignidade. Através do vidro fosco, Martina o via como um menino frágil e inofensivo, vulnerável, nervoso, enxugando com a manga o nariz, que escorria. Na praia, vestido para a ocasião, segurou as lágrimas até o fim. O salitre entrava pelas narinas, os olhos ardiam, mas ninguém chorou, não era aceitável mostrar fraqueza naquele momento, desmoronar, não era o tipo de reação própria da família. Assim que terminou, o sol tocou a linha do mar, achatando-se, e um ar frio se levantou da areia, como se a cortina estivesse se fechando. Não houve palavras, abraços, manifestações de emoção. Mas, quando voltaram para o carro, passando em frente a uma sorveteria sem clientes, diante da apresentação colorida de sabores – *avelã, castanha, creme, merengue, tutti frutti* –, o tio comentou consigo mesmo: o tanto que ela gostava de sorvete, minha pobre Laura, e eu não a deixava comê-los...

Catatau conta que trabalha com venda de carros antigos, mas antigos de verdade. Ele também os aluga para feiras e exposições e para uso particular, estão muito na moda, diz, agora todos os filhinhos de papai querem usá-los para casamentos e festas de formatura e até mesmo chá de bebê, e alguns os sujam depois, quando voltam embriagados, filhos da puta. Embora seja uma pequena empresa familiar, é forçado a viajar para o exterior pelo menos duas vezes por ano, como agora, para rastrear modelos e fechar negócios. Fala um bom tempo sobre os carros mais procurados, seus preços e especificações, enquanto torce um guardanapo de papel, esfrega as orelhas e faz os mais variados gestos com as sobrancelhas. Em seguida, limpa a garganta e pergunta:

– O que a senhora faz?

Martina sente uma preguiça terrível de responder.

– Pode me tratar de você.

– Está bem. – Catatau mexe na orelha esquerda, nervoso. – Então, o que você faz?

– Estou em período sabático.

– E isso por quê?

– Ah, longa história. Preciso de tempo para pesquisar.

– Pesquisar o quê?

Vale a pena explicar a ele? Um cara como Catatau sabe o que é uma hemeroteca ou como funciona um arquivo histórico? Martina amassa o copo de café e olha novamente para a nuvem de cinzas, que aparentemente não se moveu um milímetro sequer. No rodoanel, as luzes dos carros brilham, de duas em duas, diminutas e pálidas, como que cristalizadas. Também dão a impressão de estarem imóveis.

– Sobre dados que não interessam a ninguém. Coisas pequenas. Ao juntá-las, talvez façam sentido. Ou talvez não. É exatamente isso que estou tentando descobrir. Mas leva tempo para isso, não se pode fazer tudo correndo.

– Daí o período sabático. – Catatau aperta os olhos.

– Exato.

Nenhum deles menciona nada sobre parceiros, casamentos, vida privada. Ela vê a aliança que ele usa em seu dedo anelar, como se incrustada. Parece antiga, gasta, é claro que nunca a tirou. Filhos? Também não falam sobre isso.

Depois do café, Martina anuncia que vai esticar as pernas. Como uma criança pedindo permissão a um adulto, apertando os olhos e até inclinando um pouco a cabeça,

Catatau pergunta se pode acompanhá-la. Ela não sabe dizer não. Talvez uma pequena conversa lhe caia bem, ela pensa em seguida, confortando-se.

Caminham devagar, dando voltas de um terminal a outro com suas malas de rodinhas. A dele, com as etiquetas de voos anteriores ainda presas na alça, é velha e barulhenta. Catatau a leva de forma desajeitada, tropeçando em todos os degraus, barras e balizas, assentos e suportes publicitários. Eles param para tomar ar na frente de um KFC. Um casal está sentado ao lado, com o filho pequeno. O menino, de uns cinco ou seis anos, aponta para a janela com um ar questionador enquanto os pais explicam que Deus ficou zangado com ele por se comportar mal e, até que a comida termine, o céu continuará muito escuro. Desolado, o garoto pega um pedaço de frango, mordisca-o sem vontade. Catatau se vira para Martina, pergunta bruscamente:

– Quando te disseram que você era adotada?

– Ah, eu sei disso desde sempre. Eu já era grande demais para não saber. Morei com minha avó até os onze anos, não é pouca coisa. E depois com meus tios. Ninguém nunca escondeu minha origem de mim.

– Muito bem, muito bem – aprova.

De novo, ele pinga algumas gotas nos ouvidos. Martina começa a pensar que é um tique para distrair a atenção quando se sente desconfortável. Talvez pelo mesmo motivo, ele se aproxima da janela para olhar a nuvem, põe a mão no vidro e deixa ali a marca viscosa dos dedos. Martina o observa. Uma situação que talvez não tivesse tolerado em outro momento – passear com um estranho, um chato, um *pé no saco* –, uma situação tão constrangedora, tão irritante no fundo, agora resulta aceitável. Talvez a culpa seja da nuvem de cinzas, que a está transtornando. Ou talvez seja de onde vem. O hospital, a família, o equilíbrio precário das coisas, tão mutável.

– E se a gente comesse mais alguma coisa? – propõe. – Estou com fome de novo.

– Eu também! – concorda ele, entusiasmado.

Procuram o lugar mais tranquilo possível e olham para os menus expostos nos suportes, sem as restrições dos *vouchers*. Acabam dividindo uma pizza. Catatau devora sua metade num instante, em completo silêncio. Tem cara de estar pensando em outra coisa, ou melhor, de planejar o que vai dizer a seguir. Ao acabar, dá um longo suspiro. Em seguida, mais uma sessão de gotas nos ouvidos e a confissão, com os cotovelos apoiados na mesa.

– Não estou bem ultimamente.

Entrelaça as mãos, cobrindo a testa.

– É mesmo? Você está no meio de outra nuvem de cinzas? – brinca Martina.

– Sim, algo assim. Estou sendo julgado. Um processo por... Ah, não sei se vou te contar, tenho até vergonha.

– Vergonha por quê? Por mim não tem problema.

– É tudo tão feio! Tão injusto! Meu sócio, bem, meu ex-sócio, me acusa de... diz que... roubei... que fiquei com lucros que não eram meus. Ele me denunciou por fraude.

– Nossa.

– Eu pareço um golpista?

– Não, sinceramente. Nem sei como é um golpista, mas você não parece um deles.

Na verdade, ela pensa, um golpista pareceria mais inteligente, menos indefeso. Mais habilidoso. Catatau não conseguiria enganar nem uma mosca.

– E por que ele fez isso?

– Quem? Meu ex-sócio? Por que me denunciou?

– Sim.

– Acho que por dinheiro. Ou porque me odeia. Sem motivo. Ele me odeia sem motivo, quero dizer. Se houvesse um motivo… mas não há!

– E qual é a situação agora?

– Já te falei antes. Ruim. É uma situação ruim. Péssima. Porque todo mundo me olha torto, os clientes não confiam em mim e o banco me negou um empréstimo. E, ainda por cima, meu ex-sócio é meu irmão. Meu próprio irmão, sabe? Então, toda a família está contra mim. Até minha irmã, a do hospital… Bem, ela não me deixava entrar no quarto para vê-la, entendeu? Passei todo o meu tempo no corredor, dias e dias, implorando para ser recebido por sua majestade.

Que surpresa!, pensa Martina. E se Catatau não for o ursinho de desenho animado que ela acreditava? De acordo com essa virada de história, sua permanência no hospital escondia outros motivos. É possível que Catatau não seja apenas um homem de cinquenta anos e cem quilos. Não só um especialista em compra, venda e aluguel de carros antigos que viaja ao exterior para fazer negócios. Não só um senhor vestido com um terno enrugado de cor cinza que padece de otite nervosa. Quem é, então? Ela o vê gemer, retorcer as mãos. Perder o juízo, de certa forma: por que lhe conta essas intimidades?

– Seu pai… quer dizer… seu tio estava me aconselhando.

Martina fica irritada. Ele, ainda com os olhos abaixados e as mãos na testa, não percebe a transformação dela.

– Ele te aconselhou, você diz?

– Bem, ele me deu algumas indicações, algumas orientações. Por um lado, tirou meu medo. Por outro, me deixou muito desconcertado, porque o que ele recomendou que eu fizesse é exatamente o oposto do que meu advogado me aconselha.

– Sei.

– Cada advogado é um mundo, não é? Já falei com vários. Cada um diz uma coisa. O que você quer ouvir ou o que você não quer ouvir, mas precisa evitar a todo custo. Eles antecipam como as coisas vão ser e, se não acertam, culpam o advogado contrário. Alguns fazem com que você seja prudente demais e outros pedem que você salte para o vazio. Um diz A e outro Z, um branco e um preto, um... – hesita – pim e outro pum. Talvez só quem não te cobra diga a verdade, mas, claro, aí não é seu advogado. Então eu confio muito no que me disse seu pa... seu tio. Além do mais, quase certamente seguirei seus conselhos.

Continua falando e falando sobre o julgamento, detalhes e mais detalhes, contradições mescladas com questões de dinheiro, mesquinharias familiares e rancores, fofocas desprovidas de credibilidade talvez pela forma como as expõe, hesitante, como se estivesse mancando. Há um momento em que ela deixa de ouvi-lo, assim como parou de ouvir os avisos dos alto-falantes horas atrás. Presta atenção nos viajantes que vão de um lugar para outro comendo lanches sem tirar os olhos do celular, com as pesadas sacolas dos *duty-free* a tiracolo. Muitos adormecem em qualquer lugar, com a boca aberta e os pés para cima. Ela também gostaria de descansar, mas como interrompê-lo? Para não ferir seus sentimentos, finge que tem que atender uma ligação e se afasta por um momento. Quando volta, ele lhe diz que gosta muito de conversar com ela. Que quase considera a tempestade uma sorte, o acaso que os uniu naquela noite, ela não acha?

– Sim, claro, em parte... Mas agora devíamos dormir um pouco, não acha?

Martina se joga em três assentos livres, com a cabeça apoiada na bolsa e o casaco estendido como um cobertor. Catatau se acomoda um pouco mais longe, na fila da frente, recostado num único assento, com os longos braços cruzados sobre a barriga. Ele lhe sorri, levantando a mão em gratidão, como se ela tivesse feito algo especial por ele. Martina sente compaixão, mas não uma compaixão limpa, e sim contaminada pela irritação.

Quando ela acorda, a tonalidade acinzentada do céu mudou para um vermelho-açafrão que se espalha em fiapos. A primeira coisa que faz, ainda sonolenta, é ler as notícias no celular; aparentemente, a nuvem de cinzas já está evaporando, é apenas uma questão de algumas horas antes de desaparecer por completo. Manda várias mensagens, confere os e-mails, se espreguiça. Catatau, com os olhos cobertos por uma viseira da Associação de Pessoas Afetadas pelo Câncer de Pulmão, bufa em seus sonhos. Furtivamente, Martina levanta-se, aproxima-se do vidro, observa o nascer do sol. No meio de um prado escuro, distingue um par de corvos, enormes e atarefados, bicando o chão com entusiasmo. Alguns veículos já estão atravessando as pistas e se preparando para o novo dia. Olhando de soslaio para Catatau, com a sensação de estar traindo-o, dá uma escapulida e pega seu *voucher* de café da manhã. Graças ao café, acorda um pouco. Sua cabeça dói como se estivesse de ressaca.

No banheiro, lava o rosto e escova os dentes. A lâmpada branca na pia dá à sua pele uma aparência pouco lisonjeira, como pele de galinha maltratada numa granja industrial. Pensa: talvez não seja a luz, talvez eu seja assim, porém não é um pensamento incômodo, e sim resignado. Ao sair, inesperadamente, topa com Catatau na porta. Talvez ele a tenha visto entrar e a estivesse esperando como se fosse algo seu: sua mulher, sua namorada, sua amiga ou sua irmã, algo que lhe pertence. Ele sorri de alegria, ainda usando a viseira que deve ter pegado no hospital. Seu voo já foi marcado, anuncia. O dela, não o dele, mas já é alguma coisa.

– Não é que eu queira que você vá embora – apressa-se a esclarecer. – Mas tem que descansar, já passou por maus bocados.

Ainda falta uma hora para o embarque. Martina preferiria ficar sozinha – não acorda de bom humor –, mas passam o tempo juntos, caminhando pela área comercial, entre vitrines e manequins que parecem mais vivos que eles. Martina enfia o nariz no vidro de uma boutique de luxo para observar um quimono de seda azul e rosa com uma intrincada estampa de plantas de papiro e aves-do-paraíso. É escandalosamente caro. Indecentemente caro. E, no entanto, não consegue parar de olhar para ele.

– A que horas a loja abre? – pergunta.

Catatau consulta uma placa discreta ao lado da porta.

– Aqui diz às dez.

– Que pena, não tenho tempo.

Catatau hesita. Ela o vê hesitar. Não queria colocá-lo numa armadilha e, no entanto, lá está ele, com seus braços pendentes de urso e suas mãos com as palmas para trás, seu olhar fixo no quimono e uma expressão como se estivesse prestes a dar o salto. Ela poderia resgatá-lo, poderia pôr as cartas na mesa, mas se limita a esperar dissimulada. E ele dá. O salto.

– Vou comprar e mando para você.

– Não, não – diz ela. – Eu não posso pagar!

– Você não me entendeu.

Torna-se radiante, iluminado, ridículo com sua viseira de plástico e, ao mesmo tempo, determinado, digno.

– Você não me entendeu – repete. – Eu compro e mando de presente.

Martina solta uma gargalhada.

– O que você está dizendo? Não!

Em sua rejeição, em seu riso, há também um insulto imprevisto, como se dissesse: não, não de você, talvez de outra pessoa sim, mas de você, Catatau? De você não! Ela percebe o impacto da rejeição na expressão de Catatau, que de repente se apaga, como um balão se esvaziando. Ela tenta se explicar e se enrola mais, porque a emenda é pior que o soneto. Não procurava aquele quimono tão caro e tão sofisticado, diz ela, para si mesma, mas para sua mulher. Se seu voo partisse mais tarde, ela teria ficado tentada a levá-lo, mas graças ao fato de que a nuvem de cinzas já evaporou e que no momento em que a loja abrir ela estará sobrevoando o oceano, foi salva de gastar uma fortuna. Não é algo que faça com frequência, diz, presentes desse preço, nem mesmo presentes baratos, não é nada atenciosa, mas a ocasião é especial porque muitos dias se passaram, dias dolorosos e tristes, e ela sentiu saudades da mulher. Martina diz tudo isso de uma vez, sem tomar fôlego, ainda olhando para o quimono, enquanto Catatau, do lado dela, rígido como um poste, processa todo aquele monte de novos dados.

– Por que você não me disse antes?

– O quê?

– Que você é lésbica, por que você solta isso agora, no fim, e não disse antes?

É uma mudança de roteiro, uma reação que Martina não esperava. A voz de Catatau, elétrica e firme, à espera de uma resposta. Sem exigir, mas com urgência. Ela deveria ficar com raiva? Contenta-se em sondá-lo, com muito tato.

– Por que eu tinha de fazer isso?

– Porque eu te contei meus problemas.

– Ah, mas ser lésbica não é nenhum problema.

Ele bufa, procura algo nos bolsos – as gotas?

– Você deveria ter me dito. Eu fiquei atrás de você a noite toda, tentando ser agradável para você gostar de mim. Eu te vi no hospital dias atrás e depois aqui e pensei que não podia ser uma coincidência, que tinha de significar alguma coisa. E você me propôs comer pizza juntos e foi tão amável e tudo o mais! Ia ser tão fácil me fazer ver desde o primeiro momento que não era possível!

Não há reprovação em sua voz, apenas amargura, perplexidade, tristeza. Seu lábio inferior treme um pouco, como criança prestes a chorar. Ele toca os ouvidos.

– Lésbica ou não, de qualquer forma não ia ser possível, pelo amor de Deus – diz ela.

E depois:

– Não sei por que você está falando isso.

E sua aliança?, gostaria de lhe perguntar. Por acaso ele é sincero? E o que é toda essa história dos golpes? Não é verdade que, apesar de sua aparência, contra toda a sua intuição, ele é mesmo um vigarista? Uma explosão de raiva recai sobre ela, mas a deixa passar, se controla, sabe como fazer isso. Com suavidade, diz que é uma pena terminar a noite assim – a noite?, já é dia!, pensa –, que foi ótimo conhecê-lo e que lamenta o mal-entendido. Agora, acrescenta sorridente, tem de ir, ou essa besteira vai fazê-la perder o avião – no mesmo instante se arrepende: *essa besteira*. Estende a mão para ele como se fosse um desconhecido – afinal, não é? –, e ele retribui o gesto suavemente. Em voz muito baixa, ruminando, deseja-lhe uma boa viagem.

E ela sai correndo, finalmente sozinha, em direção ao portão de embarque, liberada, atordoada e confusa. Tem um gosto amargo na boca: o café tão forte, mas também outra coisa, algo que tem a ver com a necessidade de reparação, com justiça. Deveria...? Quando está chegando a seu avião, ao ver a fila de passageiros com os documentos nas mãos, uma longa fila tensa e impaciente, se vira, retoma o caminho às pressas e o procura, ansiosa, olhando para os dois lados. O aeroporto agora está diferente, anônimo, frio, morto, com mais pessoas que antes, com mais barulho. Onde está Catatau, onde ele se meteu? Vê fileiras de bancos, plástico e aço, mais plástico e mais aço, os fios de açafrão afinando no céu, e muito mais gente, mais lojas e maletas, pilhas de sanduíches ordenados em seus expositores, assépticos espremedores de sucos e frutas cortadas em potes, os jornais com as mesmas notícias de ontem, as mesmas de amanhã, avisos luminosos, crianças desesperadas, fartas de tudo, um chihuahua enfurecido, homens feios, barrigudos, com ternos que não ficam bem em ninguém, ao lado de garotas nas quais tudo fica bom, aquele mundo que seus tios nunca viram, porque jamais viajavam, e que ela está cansada de ver, com tantas viagens. Ela o encontra por pura sorte, agachado enquanto ajuda a fechar um carrinho de uma jovem mãe que segura o bebê nos braços. Martina se aproxima devagar, olha para ele de cima. Ele, agachado, manobrando com mais boa vontade que eficiência, aperta alavancas e botões sem sentido até que engancha um puxador e consegue o milagre. Ele assobia de satisfação, levanta-se e então a vê. A viseira se deslocou e cobre quase a metade de seu rosto. Martina, pegando-o pelo braço, leva-o para um lado.

– Ouça – diz sem mais delongas. – Você não deve levar em consideração nada que meu tio lhe aconselhou no hospital.

Catatau olha para ela com uma cara de incompreensão.

– Refiro-me aos seus problemas jurídicos. Ele não é advogado. Ele disse que é advogado? Bem, ele não é.

– Não… Não me lembro se ele me contou. Talvez eu tenha entendido isso, não sei. Por causa de como ele falava, por causa das coisas que ele me disse.

– Sei. Muito típico. Meu tio passou a vida fingindo que era advogado, mas só trabalhava como escriturário num escritório de advocacia.

– Sério? Ele mentia para vocês?

– Não. Ele nunca disse que era advogado, nem diz isso agora, com essas palavras, mas produzia essa confusão o tempo todo, só isso.

Martina não quer fazer drama, não é o momento. Ainda tem a imagem da sorveteria gravada em sua retina. Aquele velho, seu tio, horas antes de ficar viúvo, esteve aconselhando sem fundamento aquele pobre homem, confundindo-o com sua imprudência, com sua vaidade, por pura inércia, e tudo com que objetivo? Com nenhum. Ou, pelo menos, com nenhum propósito que caiba a ela definir. Catatau estreita os olhos, olha-a com o que lhe parece uma suspeita imprópria, aquele tipo de atitude suspeita de quem ri o tempo todo e não confia mais em ninguém.

– Bem, não sei o que pensar, realmente – diz ele.

Seu olhar se turvou de ceticismo e cautela. Uma dureza nova comprime seus lábios, secamente. É possível que Catatau não acredite nela, que pense que ela está soltando uma mentira só para rir dele e confundi-lo ainda mais? Sim, determina: é possível. Vale a pena tentar se explicar, fazê-lo entender que…? Não, não vale a pena nem dá tempo: seriam necessárias várias erupções vulcânicas para isso.

Inesperadamente, sem pensar, ela lhe dá um abraço – ele fica rígido, desarmado – e sai correndo outra vez. Quando ela chega ao portão de embarque, quase sem fôlego, ofegante, só resta uma aeromoça no balcão que a olha desconfiada, como se olha para as loucas. Ela é a última a embarcar no avião, que decola poucos minutos depois.

Contra a domesticação

O que aconteceu, parece, foi que a senhora confundiu Pai com outra pessoa, sentou-se ao seu lado no ônibus, perguntou-lhe gentilmente sobre seu trabalho e ele, concentrado em articular uma resposta, demorou a descobrir o erro. Segundo Mãe, ele nem se deu conta disso, foi ela quem teve de lhe dizer, quando viu a senhora lá em casa, sentada no sofá muito ereta, como uma tia que, de surpresa, vem fazer uma visita, olhando tudo com severidade e espanto.

— A gente não conhece essa senhora de lugar nenhum — disse Mãe, puxando-o de lado.

Seja porque Pai não queria reconhecer o erro gritante ou porque realmente estava em seus planos trazê-la para casa, ele achou que o comentário foi bastante improcedente.

— E o que isso importa? Ela está aqui, ponto-final.

A senhora usava um casaco longo e pesado, de lã preta, e um carrinho de compras do qual apontavam as barbas de uns alhos-porós e duas bengalas de pão. Sorria de uma forma muito estranha, como se dissesse "não tentem me enganar", e um barulhinho de satisfação lhe brotava da garganta. Tinha um olhar de louca, e até nós, que éramos pequenos, percebemos que ela era louca.

— Senhora, não quer tirar o casaco? — Pai perguntou-lhe educadamente.

— Pss, pss — disse ela, e permaneceu vestida.

— A senhora gostaria de um café?

– Pss, pss.

– Um bolinho?

– Sim.

Ele nos mandou ser hospitaleiros com ela porque era uma mulher muito importante, muito culta. Pelo que haviam conversado, deduziu que no passado ela esteve ligada ao mundo do direito. Talvez tivesse sido advogada, juíza ou promotora. Ou talvez tivesse trabalhado no escritório de um advogado, de um juiz ou de um promotor. Ou talvez fosse esposa de um advogado, de um juiz ou de um promotor. Olhando-o de soslaio, Mãe nos contagiou de descrédito. Pai tendia a acreditar que o silêncio dos outros quando falava equivalia a uma compreensão absoluta. Não só à compreensão, mas ao conformismo e até à admiração. Talvez, no ônibus, ele tivesse contado àquela senhora o último caso em que estava trabalhando e apenas com os *á-há* dela, ou os *pss, pss*, elaborou sua teoria.

Passamos algum tempo borboleteando em volta da senhora, sem saber o que deveríamos fazer ou o que era ser hospitaleiro. Achávamos que a hospitalidade tinha alguma coisa a ver com hospital, como quando você tem que cuidar de alguém porque está doente com cuidados que os médicos não dão, como pôr compressas frias na testa ou levar xícaras de caldo de galinha, esse tipo de coisa. Mas aquela senhora não parecia doente, apenas desorientada. Enrolada em seu casaco, não tirava o olho de nós. Aqui se aproximou para lhe mostrar um de seus desenhos mais recentes. Um guindaste levantava um carro quebrado enquanto dois homens assistiam à operação; um deles, o dono do carro, chorava; e o outro, de boné de operário, não. Uma lua e um sol de mãos dadas assistiam à cena lá do céu, mas ambos riam – *HA HA HA*, ele havia escrito ao lado. Tanto o guindaste quanto o sol e a lua eram de um amarelo brilhante com uma borda laranja mais escura, perfeitamente delineada. A senhora, depois de observar o desenho com muita atenção, fez uma bola com o papel e jogou-a longe.

– Ah.

Aqui apertou os lábios, pegou a bola sem protestar, tentou alisar o desenho. Pai, que não tinha visto nada, ou que viu mas se fez de desentendido, também não abriu a boca. Mãe foi para a cozinha fazer suas tarefas. Como sempre que se irritava, começou a fazer muito barulho com as panelas, bufando ostensivamente.

De repente, entre barulhinho e barulhinho gutural da senhora, ouvimos também uma espécie de choro, um miii inesperado e doce. A senhora desabotoou o casaco e tirou de um bolso interno um gatinho minúsculo e desgrenhado. Todos nos precipitamos para cima dela para vê-lo, todos de uma vez, então ela o guardou de novo, olhando para nós com ferocidade.

– Pss, pss.

Pedimos a ela que, por favor, nos mostrasse o bichinho. Tirou-o de novo cautelosamente, aos poucos. O gato era acinzentado, com olhos azuis e o rabo listrado. Suas unhas eram desproporcionalmente longas, como agulhas. A senhora nos disse que o gato se chamava Felipe, e essa foi a primeira frase completa que pronunciou. Mãe veio olhar secando as mãos num pano, franzindo a testa porque odiava gatos. Então a ouvimos reclamando com Pai.

– Essa mulher tem que ir embora, devem estar procurando por ela, e ainda por cima com o gato, o que vamos fazer com ela?

Mas como Pai tinha negócios para resolver no escritório, pediu silêncio e se limitou a dizer:

– Vamos ver.

Além disso, começara a chover outra vez, um aguaceiro forte e violento, que escureceu o céu e aproximou a noite de uma vez. Como alguém poderia sair com esse tempo? A senhora, um pouco mais confiante, soltou Felipe no chão para que ele também pudesse explorar o território. O animalzinho dava alguns saltos inauditos para seu tamanho, muito engraçadinho, mas só se deixava ser pego por ela, que o chamava com um sussurro, ora alongando o S, ora pronunciando uma espécie de CH.

– Pssssss, pchhhss.

Ou:

– Pchch, pchch.

Felipe fez cocô num vaso e remexeu toda a terra, furiosamente, olhando-nos ofendido por termos visto o que não deveríamos ver. Rosa limpou rapidamente para que Mãe não percebesse.

Na hora do jantar, a senhora ainda estava como uma a mais, com o casaco e o carrinho de compras ao lado. A chuva, que caía sem parar, parecia uma provocação. Pai trouxe uma cadeira extra para a mesa, desafiador, dizendo que na sua casa não se negava pão a ninguém. Estávamos todos apertados, e do casaco da senhora emanava um cheirinho de xixi que queríamos pensar que era de Felipe. A senhora, com o rosto enrugadíssimo e um pescoço de tartaruga, olhou para a omelete de batata com gula. Também olhou Damián de cima a baixo, porque era ele quem se sentara à sua frente, e perguntou-lhe como estava indo o trabalho.

– Eu... tenho só treze anos, ainda estou estudando.

Mas a senhora já não prestava atenção nele e devorava seu pedaço de omelete. Mãe, vendo-a, teve uma pontada de compaixão.

– Coitada, está morta de fome.

Felipe havia recebido um pratinho de leite num canto e lá estava ele lambendo, tão faminto quanto sua dona. Nós nos perguntávamos se poderíamos ficar com ele, mesmo que fosse à custa de a senhora ficar também. Claro, não nos atrevemos a sugerir isso. Já conhecíamos a teoria de Pai sobre os animais de estimação, que justamente então ele começou a explicar com muito preâmbulo.

– Resgatar um gato da morte é uma ação muito digna, mas mantê-lo como animal de estimação é uma canalhice. O próprio termo *animais de estimação* é bastante eloquente, não é mesmo? Estabelece uma relação de desigualdade, de posse, inaceitável.

A senhora assentiu com a cabeça:

– Inaceitável.

– Prestem atenção: os animais não têm bichinhos de estimação. Um cão não tem um gato, nem um chimpanzé tem um papagaio. Na natureza não existe esse costume absurdo, é algo que nós, humanos, inventamos, justificando-o com a desculpa da companhia. Animais de companhia, eles são chamados, que absurdo, quando pelo contrário rejeitamos a companhia dos nossos semelhantes. Sem falar nas doenças que transmitem.

– Contra a domesticação – disse a senhora.

Essa última intervenção deixou-nos pasmos. A senhora entendia mais do que parecia. Era uma filósofa! Pai se animou, assentiu com vigor – contra a domesticação!, repetiu – e disse que a existência dos animais de estimação não passava de uma aberração da cultura ocidental, uma infantilização, uma marca de classe e um sinal de decadência, bem como uma moda estúpida e perniciosa que, felizmente, muitas culturas asiáticas e africanas nem sequer conheciam. Depois de um longo silêncio, ele perguntou:

– O que a senhora vai fazer com o gatinho?

– Felipe.

– Com… Felipe.

– Ele vai dormir no meu bolso. – Depois, olhou em volta, limpando a boca com o guardanapo. – E eu, onde durmo?

Que era uma mulher culta e que tinha relações com o mundo do direito até Mãe teve que admitir mais tarde. Antes de se deitar, ficou falando do código civil e do direito consuetudinário, disquisições que, naturalmente, não entendíamos, não sabemos se por serem incompreensíveis ou porque não tínhamos idade suficiente. Mãe a interrompia a todo momento para lhe fazer perguntas práticas, se ela queria que guardasse o carrinho de compras na cozinha, se havia algum alimento dentro dele que pudesse estragar, se ela queria que lhe emprestasse uma camisola, uma toalha ou uma escova de dentes, e coisas assim, então a conversa progredia em fragmentos, o que achamos muito engraçado, embora tivéssemos que conter o riso por causa da tal da hospitalidade. Àquela altura, Pai já havia abandonado a cena porque, afinal, a senhora era uma mulher, e ele era muito respeitoso com as questões femininas. Mãe tinha preparado a cama de Rosa para ela – lençóis limpos, dizia consigo mesma, mais coisa para lavar –, e Rosa ia dormir no sofá. Como nunca saíamos de casa, nem mesmo no verão, esse tipo de mudança, por mínima que fosse, nos deixava animados. Mas a ilusão, real e sem esperanças, nós tínhamos depositado em Felipe. Se ao menos ela nos deixasse brincar com ele! Felipe tinha adormecido dentro do casaco, e ela não pretendia tirá-lo de lá.

– Mas é assim que você vai se deitar? – disse Mãe.

E ela respondeu algo sobre a perspectiva antropocêntrica do direito tradicional. Depois, reclamou da corrupção das classes políticas, se enfiou na cama, cantarolou pss, pss e caiu dura.

Com o ouvido pregado na parede, Aqui escutou a conversa que se desenrolou mais tarde entre Pai e Mãe, que foi mais ou menos a seguinte: Mãe disse que era preciso avisar a polícia, que a mulher tinha uma família que devia estar preocupada e que podiam até acusá-los de sequestro; Pai disse que a senhora era maior de idade, por isso sabia cuidar de si mesma, que podiam considerá-la apenas uma visita e que o livre-arbítrio é incompatível com a ação policial. Mãe, mais por exaustão que por convencimento, parou de discutir. Eles combinaram de deixá-la descansar e amanhã se veria.

E o que se viu?

É engraçado. Cada um de nós se lembra de forma diferente. Damián, na verdade, nem se lembra claramente da senhora, apenas uma imagem opaca de uma mulher com um gatinho dentro de um casaco que chegou uma tarde e depois de um tempo foi embora.

– Não, não foi embora – dizemos a ele. – Ficou para dormir.

Nada, ele não se lembra, nem mesmo do jantar, e isso porque é o mais velho de todos os irmãos. Por outro lado, Aqui, o pequeno, é quem conserva mais detalhes da história. O carrinho de compras, por exemplo, e os alimentos aparecendo – já dissemos *barbas de alho-poró* e *bengalas de pão* de acordo com seu relato –, ou aquele desenho que ele lhe mostrou e ela amassou desdenhosamente numa bola. No entanto, segundo ele, a senhora dormiu no sofá e foi embora de táxi na manhã seguinte. Para onde? Ela deve ter dado algum endereço ou devem ter extraído dela por meio de algum sofisticado interrogatório. A senhora não estava louca, e pelo seu jeito de falar dava para perceber que não vinha de um lugar qualquer.

– O que você quer dizer com *lugar qualquer?* – pergunta Rosa, mas a ignoramos, pois são perguntas típicas de uma mulher desconfiada, sabichona, e para quem nunca há uma resposta que valha.

De um lugar qualquer ou não, dá na mesma, insiste Aqui, a senhora não era uma mendiga, então ela deu um endereço e para lá mandaram o taxista, que levou a ela, o gato e o carrinho de compras. Aqui também garante que ela foi embora cedo, quando ainda estávamos na cama, e que por isso é difícil lembrarmos do desenlace.

– Ah, e o gato não se chamava Felipe, mas Félix, como os gatos costumam ser chamados.

Rosa não valida as lembranças de Aqui, já que ele falha no principal: a senhora dormiu em sua cama e ela é que foi mandada para o sofá, disso não cabe a menor dúvida. E o nome do gato era Felipe, claro. A senhora foi embora de manhã, sim, mas porque dois enfermeiros de um lar de idosos vieram buscá-la e a levaram à força numa van, e não num táxi. Não se lembra do carrinho de compras, mas do cheiro de xixi do casaco, sim, Deus meu, que cheiro ruim, diz, o quarto ficou impregnado com aquele cheiro por dias.

Martina, que ainda não morava conosco, tenta interpretar os fatos de fora, mas de tanto interpretá-los ela se emaranha, acrescenta coisas, tergiversa através de suas dúvidas, questiona tudo. Está cansada de sempre fazer isso, mas não consegue evitar, pensa como uma cirurgiã, com a frieza de uma cirurgiã, e, nesse caso em particular ela se pergunta, e nos pergunta, por que Pai faria aquela coisa tão estranha de trazer para casa uma mulher que obviamente não estava em seu juízo perfeito, e a explicação taxativa de Rosa não é suficiente:

– Para se dar ares de importância.

Nem a de Damián:

– Porque chovia muito e ela estava sozinha.

Nem a de Aqui:

– Ele se equivocou, ponto-final.

A frestinha

E então, de repente, estávamos nós dois dentro do armário embutido e não podíamos mais sair sem sermos vistos, e não tínhamos escolha a não ser prender a respiração e espiar, com os olhos bem abertos, arregalados mesmo, através da frestinha que se formava entre as duas folhas dobráveis que não fechavam bem, que nunca tinham fechado direito, e o cheiro de madeira nos envolvendo, nos deixando tontos, junto à naftalina e o nervosismo que jorrava do meu irmão mais velho enquanto eu segurava o riso com os lábios cerrados. O ar ficou pesado, muito pesado, como o do interior de um caixão, pensei, como se estivéssemos encerrados num caixão sem ter como avisar que não tínhamos morrido.

Éramos muito pequenos, realmente muito pequenos, lembro-me com nitidez do espelho estilo império em que nos refletíamos, ou melhor, em que se refletia o armário, a frestinha e o que se supunha estar atrás, que éramos nós, espelho que desapareceu muito cedo de nossa história familiar porque alguém decidiu doá-lo a um leilão de caridade mesmo sendo um presente da avó materna, um espelho que me traz imagens da primeira infância, e não da segunda ou da terceira, então é possível que eu tivesse cinco ou seis anos e meu irmão onze ou doze no máximo, éramos então dois corpos de menino que tinham de se espremer bastante para caber ambos num armário.

Com o olhar fixo, concentrado na linha da frestinha, uma faixa resplandecente no meio da escuridão, minha bochecha apoiada no braço de meu irmão, em sua carne macia, quente e assustada, vimos Pai sentar-se na cama de costas para nós e de frente para o espelho, e curvar as costas, afundando a cabeça entre as pernas, como se procurasse algo que tivesse caído no chão, uma moeda, por exemplo, ou uma bolinha de gude, mas permaneceu imóvel, tão quieto como nós estávamos, ou seja, não estava procurando nada, simplesmente descansava naquela posição desconfortável sem que ninguém o visse, ou acreditando que ninguém podia vê-lo, o que, entendi deliciado, não era a mesma coisa.

Como ainda continuávamos lá, paralisados, o quarto foi se iluminando, não porque estivesse realmente se iluminando, mas porque nossos olhos estavam se acostumando com a escuridão, e já podíamos perceber o estampado da colcha – grandes rosas douradas – e o brilho dos pilares da cabeceira e as costas de Pai com os braços retos dos dois lados do corpo – não, não estava procurando nada –, e pelo canto do olho observei a expressão de meu irmão, tomado pelo terror, apesar de quão engraçado era estar ali espionando, mesmo que fosse inadequado ou exatamente por causa disso, porque era inadequado. E, sentindo-o tão perto, meu irmão, embora eu só o roçasse com a bochecha, também sentia um tremor descontínuo, que ora parava ora acelerava, e eu não entendia o motivo de tanto medo, pois afinal ninguém nos proibia de entrar no armário, e se havíamos feito isso não era com a intenção de espionar, mas brincando de esconde-esconde, primeiro eu, morto de rir, e depois meu irmão, quando me descobriu e resolveu entrar também e fechar a porta, piorando a situação sozinho.

Pai começou a agitar-se espasmodicamente, não com o tremor de meu irmão, mas de uma forma mais visível, visível até mesmo pela frestinha pela qual eu assistia assim como meu irmão, ambos hipnotizados. Ele sacudia as costas, primeiro suavemente e depois um pouco mais rápido, como se balançasse a si mesmo, e a colcha de rosas douradas também se movia, muito pouco e apenas onde ele estava sentado, ou seja, na beira da cama, mas ainda amassando ali, naquela área. Havia uma janela à direita, ou seja, bem em frente à cabeceira que brilhava, com a persiana meio baixada, e pequenos quadrados de luz na parede, ou retângulos, em linhas paralelas, que também se moviam muito lentamente. Ouviu-se um soluço e virei-me com raiva para o meu irmão. Mas não tinha sido ele. Foi Pai.

Pai estava chorando de costas para nós, e isso foi a coisa mais incrível que já tínhamos visto, porque nunca o tínhamos visto chorar antes, e talvez nunca tivéssemos visto um homem adulto chorar antes, nem mesmo na TV, porque não tínhamos TV. Ele chorava sem conter as lágrimas, sem alardear como nós costumávamos chorar, sem protestar ou limpar o nariz, e meu irmão estava ainda mais assustado, mas também desnorteado, lia-se em seus olhos, como se estivesse sob a tentação de sair e confessar nossa culpa e pedir perdão imediatamente. Como se Pai chorasse por nós, por nossa causa.

Mas não nos movemos. Ficamos lá dentro, quietinhos, sem pestanejar, prendendo a respiração e inspirando com cuidado – madeira, naftalina – agora que não corríamos mais tanto risco, pois os soluços de Pai, pensei, ocultavam o som de nossa respiração.

Nossos olhos, os meus e os do meu irmão, se encontraram. Já podíamos nos ver com bastante clareza, nossos rostos pálidos, as roupas penduradas nos cabides, o vestido azul de Mãe, o vestido amarelo e lilás, e as jaquetas marrons de Pai, muito mais jaquetas que vestidos, as caixas lacradas com etiquetas que não tínhamos interesse em ler – eu não

sabia ler –, e então, novamente, desviando o olhar, a frestinha, o espelho agora com o rosto de Pai – ergueu a cabeça,
olhou para si mesmo –, um rosto avermelhado, choroso, que
se limpava com a manga esfregando as lágrimas, como era
proibido fazer segundo nos diziam sempre, por ser porcaria
e falta de educação.

Pensávamos que ele nos descobrira. Víamos seu rosto no
espelho e ele, em justa correspondência, via o nosso dentro
do armário, através da frestinha, como se a visão tivesse que
ser, por força, de ida e volta.

Até meu coração parou.

Depois ele se levantou, deu duas voltas de um lado para
outro no quarto, sua sombra estragou os retângulos de luz
que a persiana formava, suspirou e saiu recomposto, com
seus passos habituais.

Nós saímos alguns minutos depois, e nada mais aconteceu naquele dia.

Este livro foi composto com tipografia Adobe Garamond Pro e
impresso em papel Off-White 80 g/m² na Formato Artes Gráficas.